Cléo V. Calt · **Bittere Pralinen**

Für meine echten Freunde

Cléo V. Calt

Bittere Pralinen

Bericht über Amanda

Edition Hans Erpf
Bern · München

Lektorat: Norbert Hauser

Umschlaggestaltung: Stefan Golser, nach dem Bild «Freundinnen»
von An Smit (Acryl, 1993)
Foto Autorin: B. Obrecht
© 1993 by Edition Hans Erpf · Bern/München
Postfach 6018 · CH-3001 Bern
ISBN 3-905517-68-X

Inhalt

Liebe Freundin!
Herzlichen Dank für Deinen ausführlichen Brief und die gesammelten Zeitungsartikel. Ich habe sie bereits alle, denn ich hänge in der Geschichte viel mehr drin, als Du ahnen kannst.

Als ich Trudy kennenlernte, war sie völlig depressiv, sie steckte bis zum Hals in Schulden, und sie hatte weder Glauben noch Hoffnung. Ich habe nichts anderes getan, als ihr die Gesetze der Liebe praktisch und theoretisch näherzubringen; einen großen Teil hatte ich von Dir gelernt. Ich habe ihr das verlorene Selbstvertrauen zurückgegeben und ihr pausenlos deutlich gemacht, daß sie — trotz ihrer Tätigkeit im Milieu — ein besonderer und wertvoller Mensch sei. Ich hatte sie sehr, sehr lieb. Wenn sie sich, blaugeschlagen und weinend, was öfters vorkam, in meinen Armen trösten ließ, habe ich verhindert, daß sie einem Zuhälter in die Hände fiel. Das war nicht immer leicht! Wäre es mir aber nicht gelungen, sie wäre heute noch im Milieu ... Statt dessen habe ich ihr Tips gegeben, wie sie raus aus der Bar und in die höhere Gesellschaft kommen konnte, und ihr deutlich gemacht, daß, wenn man sich schon verkauft, was materiell sowieso mit nichts aufzuwiegen ist — und da dieser Weg nicht zu verhindern war, weil keiner der Geschäftsherren ihr konkret genug geholfen hatte —, daß man sich wenigstens teuer verkaufen soll!

Jahre später, als sie es zu relativ kleinem Wohlstand gebracht hatte, habe ich ihr geholfen, sich seriös mit dem Beruf der Heilerin auseinanderzusetzen. Ich empfahl ihr, Kurse für Reflexzonen- und Heilmassage sowie für Akupressur zu besuchen, und ihr kurz danach Kontakt mit dem Geistheiler aus den Philippinen verschafft, der in ihrem Appartement viele Patienten behandelte. Sie selber konnte die Nachbehandlung übernehmen, was ihr, wie auch die Mund-zu-Mund-Propaganda, einen Grundstock an Patienten einbrachte. Nach kurzer Zeit konnte sie den «alten Beruf» aufgeben.

Als in dieser Zeit ihr Vater starb und eine große romantische Liebe in Brüche ging, was sie schlecht verkraften konnte — ich selber war zu der Zeit auch nicht sehr stark, meine Jugendliebe war erschossen worden —, war sie offen für die Erzählungen eines Patienten, welcher der YOU-ARE-Bewegung angehörte, und ziemlich enttäuscht, daß ich nicht mitmachte. Ziemlich herablassend meinte sie, ich müsse lernen, meinen Intellekt auszuschalten, um eine höhere Führung einziehen zu lassen — eben YOU ARE. Doch solange ich mich nicht an die Regeln hielte, also weiterhin Knoblauch äße, sexuelle Betätigung gut fände und rauchte, wäre ich es nicht wert, eingeweiht zu werden . . .

Ich kannte die Bücher ja längst von meinem Nachbarn, Du weißt schon, die Grundgedanken fand ich ok, wie eigentlich bei allen religiösen Lebensschulen — nur der Fanatismus, der erschreckt mich.

Gut, man sieht mir wohl an, daß ich rauche, und es ist gewiß nicht gesund, doch ich nehme schwer an, daß, wenn ich einmal vor die höhere Macht gestellt werde, nicht meine Lungen durchleuchtet und diese schwarzen Schatten beanstandet werden, sondern das Herz und der Geist und der Gebrauch des Intellekts, was auch mit dem Gewissen zu tun hat. Wo wäre denn sie, Trudy/Amanda, geblieben ohne meinen Intellekt? Vor diesen Röntgenstrahlen fürchte ich mich nicht allzusehr . . .

Vor zweieinhalb Jahren, als ich meine psychisch kranke Mutter zu mir nahm und, als geschiedene, alleinerziehende Mutter, oft arbeitslos war und nur dank der IV-Rente meiner Mutter gerade so über die Runden kam, habe ich Amanda, von der ich wußte, daß sie bereits Millionärin war, gebeten, mir einen kleinen Betrag für die Übernahme eines kleinen Geschäfts mit Wohnraum zu leihen! Der Betrag wäre ein Klacks für sie gewesen. Doch ich erhielt nicht einmal eine Antwort von ihr . . .

Du weißt, Eifersucht ist mir fremd — ich habe Amanda zu ihrer Hochzeit alles Liebe gewünscht.

Bei unserem vorletzten Treffen im Appenzellischen hat sie mir das Versprechen abgenommen, niemals über sie zu schreiben und alle Fotos von ihr und mir sowie die Briefe ihrer früheren «Liebhaber» zu vernichten, und mir dafür versprochen: «Falls du mal in Not bist, wende dich an mich. Wenn es mir möglich ist, ich werde dir helfen.»

Als die Presse sich, kurz vor der Absage des ersten Hochzeitstermins, an mich wandte, habe ich um Bedenkzeit gebeten und zuerst Amanda geschrieben und ihr nochmals eine Chance gegeben. Sie hätte alles Beweismaterial und alle Fotos zurückbekommen können. Keine Reaktion! Statt dessen erhielt ich kurz darauf fingierte hohe Angebote von einer Zeitung, die — wie ich inzwischen erfahren habe — gar nicht existiert, so daß ich die reellen, dafür weniger lukrativen Angebote ausschlug . . . Was jedoch weit schlimmer ist: Es gab nächtliche Drohanrufe, ich solle gut an mein Kind denken, bevor ich etwas unternähme . . . Es wurde mir zuviel. Ich habe mein Kind vorübergehend aus dem Haus gegeben. Darauf habe ich der Presse für ein Interview und für Porträt-Fotos von Amanda zugesagt — für wenig genug, die Hochzeit war ja bereits abgeblasen, und die Sache war nicht mehr interessant. Aufgerollt wurde die «Sache» erst wieder nach der heimlichen Hochzeit des Paares, Anfang August, und meine Aussagen wurden vermischt mit vielen dubiosen anderen. Ich habe nicht gelogen, jedoch auch nichts Negatives gesagt. Doch die Wahrheit interessiert in dieser Welt offenbar keinen — es geht nur um Macht, Geld, Sex. Nackte Brüste zählen

9

mehr als verletzte Gefühle! Der Journalist hatte Informationen, die allesamt den Bereich zwischen den Beinen betrafen.

Was also soll ich von Amanda lernen? Daß man alles, wirklich alles für Geld tun soll? Obwohl ich mich bedrängt fühlte, hatte ich Skrupel, die Wahrheit preiszugeben — warum, weiß ich nicht. Weißt du es? Und so, wie das alles gelaufen ist, konnte ich es doch nicht verhindern. Sie — ja sie hätte es gekonnt. Warum hat sie es nicht getan? Es bleibt mir ein Rätsel.

Oder dachte sie etwa, daß ich mich, wie immer schon, liebgutmütig bis blöd, brav im Hintergrund halten würde? Oder wurde ihr meine Post tatsächlich unterschlagen? Oder will das Schicksal, daß sie sich, leider durch mich, besinnen soll auf das Wesentliche, auf christliche, echte Nächstenliebe? Denn hätte sie sich an ihr Versprechen und an die Liebe gemäß Gesetz gehalten, was sie ja öffentlich predigt, so wäre sie nicht «entblößt» in der Öffentlichkeit präsentiert worden.

Bei unserem letzten Treffen in Z., 1987, erzählte mir Amanda, sie werde wieder nach Z. ziehen, diesmal aber an eine schönere Wohnlage. Ich erzählte ihr, daß ich, frisch geschieden, ebenfalls umziehen würde mit meinem Kind und daß ich wieder neu anfangen müsse. Sie sagte, sie erhalte von ihren Patienten nicht viel Bares, sondern vermehrt Schmuckstücke. Beim Abschied drückte sie mir ein Couvert mit tausend Franken in die Hand und erklärte mir, sie müsse immer erst die höhere Führung fragen, ob sie jemandem helfen dürfe, «man» bitte sie ja so oft um Hilfe. Ich hatte nichts Konkretes gesagt, sie um nichts gebeten, nur realistisch erzählt, wie schwer ich es materiell hätte. Man (gleich ich) fuhr wieder nach Hause. Ich kaufte mir einen neuen Ofen für meine neue, leere Wohnung; mein zweites Kind, das ich erwartete, habe ich zu den Engeln zurückgeschickt. Mit einem Kind war's schon schwierig genug. Doch ich hatte deswegen keine Schuldgefühle — es war alles zu schwer, als daß «man» sich diese auch noch hätte leisten können. Ich kämpfte und spielte auf meine Art weiter.

10

Daß sie heute verkündet, Sex sei vom Teufel, ist grotesk. Hat denn nicht alles zwei Seiten? Ich habe ihr damals gesagt, dies sei die ursprünglichste, die größte, die Schöpfungskraft selber, aus dieser Energie seien wir alle entstanden, sogar die «Heiligen». Doch der primitivste und niedrigste Trieb könne die ekelerregendsten und sadistischsten Dinge zwischen Menschen bewirken. Die höchste Form von Sexualität jedoch sollte ein Austausch positiv entwickelter Kräfte sein; wenn Geist und Seele dabei mitspielten, so werde dies zu einem körperlich-seelisch-geistigen Höhepunkt, und nach diesem Höhepunkt bleibe eine Schwingung von Wärme und magischer Verzauberung für den Partner, die ihn liebevoll durch die Alltagssorgen trügen, und nur die Persönlichkeit des Menschen und seine Reife würden zählen, und nicht seine Geschlechtszugehörigkeit und seine Rasse . . .

Auch ich weiß mittlerweile nur allzugut, daß Geld positive Energie bedeuten kann, allerdings ist das der Verantwortung des jeweiligen Menschen überlassen, der so ein Erbe übernimmt, letztendlich bedeutet es doch wieder subjektive Macht. Und mit dieser Energie, mit Geld kann man beinahe alles kaufen. Nicht aber das Wichtigste: Gesundheit, Liebe, Glücksgefühle und geistige Entwicklung.

Wenn jemand es gut und in Ordnung findet, daß ein anderer, der einem einmal sehr nahe gestanden hat, in Not gerät, und dies aufgrund von eigenem Reichtum und/oder religiöser Überzeugung gut findet — so jemand kann doch einfach nicht mehr von warmen, tiefen Glücksgefühlen durchströmt werden! Deshalb erfaßt mich, wenn ich heute an Amanda denke, neben dieser Enttäuschung und Traurigkeit vor allem Mitleid — und dies aus der tiefsten Tiefe meiner Seele . . .

Warum versteckte sie sich?

Hätte sie ein Interview gegeben, so wären die Fotos von früher nicht erschienen! Und hätte sie zur Zeit, als sie krampfhaft versuchte, ihre Vergangenheit auszulöschen, einen neuen Vornamen angenommen, was ich ihr wärmstens empfohlen habe (sie aber hat gemeint, dieser Vorname sei von der Organisation für gut befunden worden), wäre sie in die Presse gekommen zum Beispiel als Carlotta E., niemand, auch Du und ich nicht, wäre auf sie gestoßen. Doch die Gehirnspülung hatte bei ihr bereits stattgefunden, ich aber hatte meinen Verstand noch nicht abgegeben. Ich habe ihn übrigens immer noch . . .

Wie auch immer das alles weitergehen mag — ich fühle mich heute nicht mehr an mein Versprechen gebunden. Nach dem, was geschehen ist, werde ich in aller Schnelle einen Bericht schreiben — über Amanda und auch über die Gefahren der sogenannten Esoterik. Die meisten Menschen sind auf der Suche nach einem Guru — und doch kennen sie nicht einmal die Bedeutung des Wortes. Guru, das ist das höhere Selbst in einem drin.

Ich nehme an, daß Amanda nur sporadisch aus dieser Bewegung ausgetreten ist — denn die Leute haben ihre Fähigkeiten bestimmt nicht unterschätzt: Charisma, enorme Willensstärke, Gehorsam, Ausdauer, Disziplin, Ehrgeiz, Heilfähigkeiten sowie Freude an Reichtum und Luxus.

Sie hat genausoviel Ahnung von Aktien und von der Börse wie etwa ich — und schließlich hat sie ihren Intellekt den anderen zur Benutzung weitergegeben. Sex hat sie begreiflicherweise auch satt.

Die Zukunft wird's zeigen . . .

Für heute sei lieb umarmt. Schön, daß es Dich gibt. Liebe Grüße

Sophie

1992 Anfang Mai: Verunsicherung

Mitten in meinem Alltagsleben, ich schäle gerade Kartoffeln, stört mich das Telefon: Ein Journalist von einer Schweizer Wirtschaftszeitung aus Z. findet mich mitten in Auhdam, wo ich in einer Sozialwohnung meinen achtjährigen Sohn Scotty großbringe. Im gleichen Haus wohnt meine Mutter, die ich vor zwei Jahren aus der psychiatrischen Klinik von Z. zu mir geholt habe. Wir sind alle wieder gesund und schlagen uns mit je einem Existenzminimum durchs Leben. Der Journalist teilt mir mit:

«Amanda K. heiratet einen internationalen Großindustriellen. Den Spaeltli.» Und beginnt zu bohren:

«Sie waren doch früher ihre engste Freundin. Ihre Informationen sind uns viel wert.»

Ich bitte ihn höflich um Bedenkzeit, ich wolle mich erst mit Amanda Kellermann in Verbindung setzen; es gebe ja schließlich noch so etwas wie Loyalität. Er ist fair und fragt, ob er später nochmals anrufen dürfe.

Amanda nimmt nicht ab — kurz entschlossen schreibe ich ihr einen Expreß-Brief und wünsche ihr viel Glück für ihre Ehe. Ich bitte sie, sich so schnell wie möglich mit mir in Verbindung zu setzen. Ich fühle mich unter Druck, denn bei unserem vorletzten Zusammentreffen, 1981, habe ich ihr versprochen, niemals Informationen über ihre Vergangenheit preiszugeben. Und Amanda hat mir versprochen, mir im Falle der Not zu helfen, falls sie es je zu Reichtum brächte. Und ich weiß: Sie ist bereits mehrfache Millionärin gewesen vor ihrer neuen Vermählung — der mit dem Milliardär Spaeltli. Und sie wußte, wie dreckig es mir materiell ging.

Aber ich will nicht vorgreifen.

Ich schäle weiter meine Kartoffeln . . .

1972 Das Kennenlernen / Sekretärinnenleben

Unsere Firma hatte bei Manpower eine Aushilfssekretärin angefordert. Eines Tages erschien sie um Viertel nach neun — eine bleiche, magere junge Frau, deren klassisches Gesicht mit den schönen, ausdrucksstarken Augen unsere Blicke auf sich zog. Meine Freundin Nora, eine sympathische Intellektuelle, die ich von der Handelsschule her kannte, versorgte sie gleich mit Arbeit. Ich beobachtete, wie die Chefs, die einer nach dem andern morgens in unseren Pool kamen, um natürlich erst mal die Zeitungen und den Kaffee zu holen, auf die Neue reagierten, und etwas Seltsames fiel mir dabei auf: Die einen bemerkten sie kaum, die Neue namens Trudy Kellermann, die anderen blieben wie angewurzelt bei der Türe stehen und starrten sie fasziniert an — bei zwei weiteren glaubte ich eher verstecktes Mißtrauen, wenn nicht gar Abscheu festzustellen. Ja, dachte ich unbefangen, eine eigenartige Schönheit — lange Wimpern über großen, smaragdgrünen Augen, ihr bleiches Gesicht umrahmt von rötlichem, halblangem Haar mit Ponyfransen; dadurch erschien ihr kantiges Gesicht weich. In unserer Kaffeepause, die ein wenig später stattfand als diejenige der Herren, erzählte die Neue, sie sei erst sechs Monate in Z., habe vorher in Nizza gelebt und sei nach ihrer geplatzten Verlobung zurückgekehrt. Außer mir und Nora waren im Team noch Elena, ebenfalls ein sehr gescheites Mädchen, sowie Elsa B., eine geschiedene Frau mit zwei kleinen Kindern, der die Büroarbeit überhaupt keinen Spaß machte.

Nora meinte schon bald, die Neue wirke abwesend und arbeite nicht sehr viel. Ich sagte:

«Ach laß sie doch, sie hat bestimmt Probleme. Ich fühle das.»

«Ok», meinte Nora, «weil du es sagst. Wer von uns hat schließlich keine?» Zwei Tage später erzählte uns Trudy beim Kaffee, sie habe bei einem Geschäftsmann gut 50 000 Franken investiert, doch der habe sie hereingelegt. Er habe sie Eigentumswohnungen seines Betriebes verkaufen lassen, die gar nicht ihm gehört hätten, und sei mit allem Geld, auch ihrem eigenen, verschwunden. Trudy fragte uns, ob sie deswegen in einem Büro ungestört ihren Anwalt anrufen dürfe. Meine Kolleginnen waren nicht sonderlich begeistert, wir hatten unheimlichen Streß. Ich war dafür. Trudy warf mir einen dankbaren Blick zu, ihre smaragdgrünen Augen verdunkelten sich, und etwas Undefinierbares berührte mich. Ich begleitete sie zu einem leerstehenden Büro und sagte:

«Lassen Sie sich ruhig Zeit; ich regle das schon.»

Trudy Kellermann merkte, daß ich sie in Schutz nahm, und half mir danach mehr als meinen Kolleginnen. Wenn sie sah, daß ich keine Zigaretten mehr hatte, holte sie mir neue; sie fragte mich, ob sie für mich etwas mitkopieren könne, und als mal einer der Chefs hereinkam und sie bat, etwas für ihn zu erledigen, sagte sie höflich:

«Danke, ich nehme nur Aufträge von Frau Muller entgegen, die versteht hier von allem mehr als Sie.»

Der Chef war sprachlos und knallte mir den Auftrag wortlos auf den Tisch. Zugegeben, Trudys Haltung schmeichelte meiner Eitelkeit.

Am Ende der Woche, am Freitag, gab Trudy mir ihre Telefonnummer und fragte schüchtern, ob ich sie, aber nur, falls ich wirklich Lust und Zeit hätte, einmal anrufen wolle. Eigentlich hatte ich ein strenges Programm. In meiner Freizeit arbeitete ich an einem Theater. Und doch, Trudy ging mir trotz allem Trubel nicht aus dem Kopf. Mitten in der Theaterprobe sagte mir ein Gefühl, du mußt sie jetzt unbedingt anrufen, und ich rannte Hals über Kopf davon, was ich noch nie getan hatte, und rief sie an. Eine schläfrige Stimme meldete sich; zuerst dachte ich, es sei jemand anderes am Apparat.

«Ist Frau Kellermann nicht da?»

«Ja, am Apparat», sagte sie, noch immer schläfrig.

«Haben Sie heute abend bereits etwas vor, oder kommen Sie mit mir essen?»

«Es tut mir leid, ich habe gerade ein paar Schlafpillen geschluckt, um durchs Wochenende zu kommen — außerdem habe ich auch kein Bargeld mehr. Lieber ein anderes Mal, dann gerne.»

Ich munterte sie auf, sie solle die Wirkung dieser Pillen zwei, drei Stunden über sich ergehen lassen und mich dann am Abend im Restaurant treffen. Es handle sich hierbei um eine Einladung, und ich erwartete sie — ich wäre sauer, wenn sie nicht käme. Zögernd willigte sie schließlich ein.

Sie erschien, sportlich-elegant, mit kurzem, blondem Haar. Beinahe hätte ich sie nicht erkannt — doch ihre Augen verrieten sie.

«Schau an, ich dachte, Sie hätten geschlafen, dabei waren Sie beim Friseur . . .»

«Nein, nein», lachte sie, «das sind meine eigenen Haare, im Büro trage ich eine Perücke. Ich habe mir in einem Wutanfall meine Haare beinahe abrasiert. Ich brauche dringend eine Veränderung. Daß Sie so lange die Geduld gehabt haben, Ihr Haar bis zur Taille wachsen zu lassen — es ist wunderschön, ich möchte das auch.»

«Gut, dann tauschen wir. Ich möchte dann aber Ihre schlanke Figur und Ihr Gesicht dazu.»

Sie lächelte zögernd und wurde dadurch noch schöner.

«Nein, ich denke nicht. Wenn Sie von all meinen Sorgen wüßten, würden Sie kaum mit mir tauschen wollen.»

Ich forderte sie auf, zu erzählen. Sie aß mit Genuß ihr Dessert, und ich bestellte einen zweiten Eisbecher für sie. Süßes war ihre Leidenschaft, doch man sah es ihr überhaupt nicht an. Der Ober stellte diese Portion mir hin. Wir lachten. Dazwischen tranken wir Wein, und ab und zu kamen ihr die Tränen. Die Szene hatte etwas Melodramatisches. Doch Trudy hatte in kurzer Zeit tatsächlich viel Schlimmes erlebt.

«Mein Verlobter hat mich verlassen, und zwar drei Tage vor der Hochzeit, weil ich ihm gestanden habe, ich hätte vor ihm schon mit einem anderen Mann geschlafen. Er aber wollte unbedingt eine Jungfrau heiraten. Gut, als wir uns kennenlernten, war ich achtzehn, und mit dreiundzwanzig wollten wir heiraten. Wir hatten zusammen ein kleines, aber gutgehendes Restaurant in Nizza. Ich war glücklich und zufrieden mit ihm. Aber ich wollte diese Ehe nicht mit einer Lüge beginnen . . . Einen Monat, nachdem er mich verlassen hatte, heiratete er eine Fünfzehnjährige, wohl um sicher zu sein, daß die noch Jungfrau war. Ich habe gehört, sie sei bereits schwanger. C'est ridicule! Bei meiner Rückkehr in die Schweiz habe ich mein Geld, das eigentlich für meine Aussteuer bestimmt war, diesem Schwindler anvertraut, und nun stehe ich da mit nichts, mit Schulden, besser gesagt. Ich habe, damit ich seine Geschäftspartnerin werden konnte, zusätzlich einen Kleinkredit aufgenommen. So ziemlich alles ist schiefgegangen, mir ist alles völlig verleidet. Wenn Sie mich nicht angrufen hätten — ich habe überlegt, ob die Schlafpillen reichen würden, um . . . Ich weiß auch nicht, warum ich Ihnen das alles erzähle, eigentlich bin ich viel zurückhaltender. Aber Sie strahlen etwas ganz Besonderes aus, ich weiß nicht genau, was. Ich fühle mich deprimiert, aber zu Ihnen habe ich Vertrauen. Im Büro haben Sie trotz all der Hektik immer noch für jeden Zeit, Sie strahlen eine harmonische Ruhe aus.»

Ich bestellte noch einen Eisbecher. Sie protestierte nur leicht.

«So, jetzt fühle ich mich ein wenig leichter. Aber eigentlich ist das alles so sinnlos — das ganze Leben . . .»

«Nichts ist sinnlos, wenn das . . .»

«Sind Sie etwa gläubig? Ich bin's schon lange nicht mehr.»

«Ja, schon, aber nicht im üblichen, im kirchlichen Sinn. Ich glaube an die Liebe.»

18

Sie sah mich fragend an.

«Also, wenn alles sinnlos ist, dann können Sie mich aufs höchste Hochhaus der Stadt begleiten, und ich springe hinunter. Was soll denn das Ganze hier? Ich glaube an die kosmische Liebe und an die unsterbliche Seele in jedem Menschen. Kneifen Sie mich in den Arm! Gut, autsch, das ist zwar körperlicher Schmerz, aber das allein macht uns nicht aus. Alles ist Energie, auch wir sind Energie. Die Frage ist nur, ob wir positiv damit umgehen. Liebe ist positive Energie, und das ist für mich gleichbedeutend mit Gott . . .»

«Wie kommen Sie da drauf? Wie läßt sich das mit Ihrer Intelligenz vereinbaren? Sie wissen doch so viel und . . .»

«Nein, nein, ich habe höchstens auf meiner ‹Suche nach dem Sinn› wahnsinnig viel gelesen. Interessiert es Sie wirklich?»

«Ja, bitte, erzählen Sie weiter.»

«Also gut. Schon als kleines Mädchen habe ich mich der Heilsarmee angeschlossen und meine Familie vor den Kopf gestoßen, wie ich sie zur Weihnachtsfeier in diesen Verein eingeladen habe statt in die protestantische Kirche. Später bin ich zum Katholizismus übergewechselt; vorher hatte ich Vorträge und Predigten bei den Methodisten, den Neuapostolen und so weiter besucht. In die Synagoge hat man mich nicht gelassen. Als ich zwölf war, hatte ich die Bibel schon zweimal durchgelesen — das Neue und das Alte Testament. In der Pubertät habe ich mich an Marx, Nietzsche und Kant versucht.

Zwei Jahre später waren Jung, Freud, Adler und Reich an der Reihe. Das Sofa des Psychiaters hat, um es grob zu sagen, den Beichtstuhl und das Gespräch mit dem Pfarrer ersetzt. Alle Religionen und Philosophien haben einen guten Urkern, die gleiche Wahrheit, aber sie scheitern in einem, dem immer gleichen Punkt: daß alle das Teilen oder die Nächstenliebe, was dasselbe ist, verkünden und der einzelne Mensch doch in seinem Egoismus hängenbleibt. Man findet diese Ideologie — für jeden gleich viel wie für mich — zwar gut, ja sogar prima, aber sagt: Für mich selber etwas mehr, nur ein bißchen. Und dieses bißchen mehr ist der Grund für den ewigen Krieg der Menschheit. Basta!»

«Erzählen Sie weiter.»

Sie löffelte andächtig ihr Eis und schien meine Worte gierig aufzusaugen. Ich trank viel Weißwein und redete immer leichter und flüssiger.

«Jeder Mensch will ungeteilte Aufmerksamkeit, will, daß man ihm ganz zuhört. Er will wichtig genommen und geliebt werden. Wenn ich mit jemandem spreche, so ist dieser Mensch in diesem bestimmten Augenblick der wichtigste unter der Sonne. Ok, das gelingt nicht immer — nicht jeder Mensch ist mir sympathisch. Aber ich versuch's. Alles ist wichtig. Man kann doch nicht sagen: Ich glaube nicht an Astrologie oder an Grafologie oder an was anderes — das ist alles Quatsch, wenn man sich nie damit befaßt hat. Hermann Hesse schreibt darüber wunderschön in seinem ‹Glasperlenspiel›: Alles gehört in die Perlenreihe, die größte Perle aber ist die Liebe. Und deshalb brauche ich für mich persönlich nur ein Gebot: Liebe deinen Nächsten wie dich selbst. Dann sind alle anderen Gebote überflüssig. Dann will ich nicht des Nächsten Hab und Gut, stehle ihm nichts und töte ihn nicht, weil mir gerade seine Frau beziehungsweise ihr Mann gefällt. Dann versuche ich alle so zu behandeln, wie ich es selber gerne mag. Die Erklärungen, daß alles so sein könnte, habe ich in den Büchern der Meister aus dem Fernen Osten gefunden, nicht in erster Linie im Zen-Buddhismus. Über Esoterik und Spiritualität schreiben meiner Meinung nach Spalding und Mulford am begreiflichsten. Aber das ist für jeden wieder anders.»

«Unglaublich spannend! Aber wann um Gottes willen lesen Sie das alles? Muß man das alles durchackern, um weise zu werden?»

«Nein, im Gegenteil, von hundert Büchern, die ich gelesen habe, ist vielleicht eines so wichtig, daß ich es an Freunde weitergebe. Darum stehen in meinem Büchergestell nur diejenigen, die man nicht unbedingt lesen müßte, die andern wandern in der Welt um-

her. Das ist gut so . . . Wann ich die lese? An der Straßenbahnhalte-
stelle, wenn ich im Restaurant auf jemand warte, ich habe immer
mindestens eines in der Handtasche, und nachts, wenn . . .»
Sie unterbrach mich.
«Können wir uns nicht du sagen? Ich habe das Gefühl, als würde
ich Sie schon lange kennen. Oder glauben Sie, es gäbe Probleme im
Büro?»
«Aber klar, sagen wir uns du. Allerdings finde ich, Trudy paßt
gar nicht gut zu Ihnen . . . zu dir. Ich weiß nicht . . .»
«Findest du? Ach was, ich bin doch ein richtiges Trudy . . .»
Wir lachten, weil's nicht ganz stimmte.
«Hast du keinen Freund, Sophie?»
«Ja, eigentlich schon. Das heißt, ich habe eine große Liebe, Raf-
fael. Ich habe ihn schon mit fünfzehn kennengelernt. Aber, na ja,
wir stimmten so überein, geistig, seelisch, es war so etwas wie das
Erkennen einer verwandten Seele, daß die ganze Spannung abhan-
den kam. Sexuell hatten wir einander nicht viel zu sagen. Er ist vor
ein paar Monaten nach Südamerika gereist, geschäftlich; er will ei-
nige Jahre dort bleiben und Karriere machen. Ich finde, diese Tren-
nung tut uns nur gut. Wenn wir uns wieder treffen, dann als reife
Menschen.»
«Was meinst du mit Erkennen?»
«Ich . . . vielleicht hat das mit einem früheren Leben zu tun.»
«Du glaubst doch nicht an die Wiedergeburt?»
«Ja, eigentlich schon. Ich glaube doch an die Unsterblichkeit der
Seele, an die Reinkarnation . . . Aber Trudy, können wir jetzt nicht
mal von dir reden? Ich mache mir nämlich Sorgen, um dich und um
deine Zukunft. Es muß doch irgendeine Lösung geben für deine
Probleme! Schade, daß wir für den nächsten Monat schon eine
neue Sekretärin fest engagiert haben — du hättest sonst bei uns
bleiben können.»
Sie lehnte heftig ab.
«Nein, nein, das ist nichts für mich, ich will und ich werde Kar-

riere machen. Abgesehen davon, ich verstehe dich nicht. Wie schaffst du es nur, für solche Chefs zu arbeiten? Du kannst doch viel mehr. Ich jedenfalls mache mich selbständig. Ich will nicht dauernd für jemanden arbeiten und kaum genug verdienen, nur damit der Karriere machen kann! Besten Dank.»

«Ja, gut. Aber wie stellst du dir das vor?»

«Das weiß ich noch nicht so genau, aber ich habe einen Haufen Ideen; und Möglichkeiten gibt es mehr als genug. Jedenfalls wird es mir nicht noch einmal passieren, daß ich in ein faules Geschäft investiere. — Sag mal, Sophie, findest du es schlimm, daß ich etwas aus meinem Leben machen möchte, daß ich reich werden möchte?»

«O nein, das sicher nicht — reich werden und etwas erreichen haben viel miteinander zu tun. Etwas erreichen, was gibt es Besseres als das? Auch Geld ist, mal abgesehen von der Macht, Energie, und es kommt nur darauf an, wie du diese Energie gebrauchst. Verlierst du das Wesentliche, die Liebe nämlich, nicht aus den Augen, dann kannst du viel Positives damit erreichen und viel Gutes tun.»

«Daran glaube ich auch. Weißt du, ich möchte es ja nicht nur für mich allein. Vor allem für meine Eltern, die sind arm. Ich werde, falls ich es schaffe, vielen Leuten helfen. — Nur Kinder möchte ich nie haben — ich weiß nicht, warum, aber vor dem Gebären habe ich Angst. Sonst riskiere ich gerne viel. Was Josephine Baker getan hat, das finde ich fantastisch. Sie ist mein großes Vorbild. Ein riesiges Haus auf dem Land, und aus jedem Land der Erde adoptiere ich ein Waisenkind. Das ist wirklich eines meiner Ziele, und auch . . . ja, aber jetzt . . .»

«Ich glaube, du schaffst es, Trudy — du hast alles dazu in dir. Das spüre ich.»

«Sicher?»

Sie strahlte mich an wie ein Kind den Weihnachtsbaum.

Dann fuhr sie mich in ihrem kleinen Renault nach Hause. Es war weit nach Mitternacht. Vor meiner Haustüre fragte sie mich:

«Wann gehst du am Montag aufs Tram?»

«Spätestens um Viertel nach sieben. Falls ich überhaupt aufstehen mag.»

«Um halb acht warte ich vor der Tür — ich fahre sowieso hier vorbei.»

Ich zögerte. Sie aber bestand auf ihrem Angebot. Ich bedankte mich, und herzlich verabschiedeten wir uns.

«Und keine Schlaftabletten mehr bis am Montag, ja?»

Sie versprach es hoch und heilig.

Wir wiederholten diese abendlichen Essen und Gespräche, erst zwei-, dann dreimal in der Woche — und am Morgen fuhr sie mich ins Büro, da ich chronisch zehn Minuten zu spät kam. Ich revanchierte mich mit Eisbechern und Einladungen ins Theater.

Wir unternahmen immer mehr zusammen. Ihre Zeit in unserer Firma ging zu Ende. Ich bedauerte es — und nicht nur, weil ich nun wieder allmorgendlich zehn Minuten zu spät kam.

Auch Nora kündigte. Ich folgte ihrem Beispiel. Die Atmosphäre war seit Jennifers Abgang und seit sich die Chefs immer kindischer aufführten, nicht mehr auszuhalten. Nora hatte bereits einen anderen Job, in der Personalabteilung eines Lebensmittelkonzerns, gefunden. Der Personalchef war eine Chefin. Nora meinte lakonisch, es könne höchstens besser werden. Und das wurde es auch. Die Chefin war fachlich und menschlich fantastisch — und Nora war begeistert. Ich selber jobbte mal da, mal dort.

Trudy arbeitete als Aushilfe bei einem Anwalt. Wir trafen uns weiterhin regelmäßig am Abend im Restaurant Belvoir. Ich hatte in der Zwischenzeit ein Appartement an einer stark befahrenen Straße gefunden. Schon nach einer Woche gefiel es mir nicht mehr. Nichts als Lärm und Gestank.

Trudy verließ den Anwalt Hals über Kopf, als sie feststellte, daß er unsaubere Geschäfte abwickelte. Sie bat ihn, auf die Uhr zu schauen. Er fragte erstaunt: Warum? Sie kühl: Ich will wissen, wie spät es ist. Er: Halb vier. Sie: Gut. Genau bis halb vier schulden Sie mir den Lohn. Hier sind die erledigten Akten, hier die anderen, die können Sie selber bearbeiten. Ich gehe.

Trudy nahm Arbeit in einer Delikatessengroßhandlung an; sie sorgte für den Einkauf und den Aufbau der Firma.

Ich versuchte mein Glück als Barmaid. Nach zwei Wochen hatte ich es bis oben hin satt. Immer die gleichen Gespräche: Frauen, Auto, Fußball. Und ging's mal anders, dann so: Fußball, Auto, Frauen. Um eine große Enttäuschung reicher kehrte ich aufs Büro zurück. Nora hatte eine Stelle für mich, in ihrer Firma. Ich wollte einsteigen, vorübergehend wenigstens. Lebensmittelhandel! Völlig langweilig, dachte ich.

Ich blieb acht Jahre!

Mein Privatleben mit Trudy wurde immer spannender. Nachdem es ihr trotz großem Einsatz nicht gelungen war, die Würmer in den Kräutern im Lagerraum auszurotten, sagte sie dem Delikatessengroßhandel adieu . . .

1973 Die Gurken-Kosmetik und der synthetische Diamant

Trudy versuchte sich selbständig zu machen. Ein neues Vertriebssystem für Kosmetika. Man fing als Verkäufer an, nach einem Kurs, der ziemlich teuer war, und für noch teureres Geld konnte man sich den Titel Verkaufsleiter erwerben und stieg in der Hierarchie rasend schnell. Man bekam auch Ware für sein Geld, und das massenhaft. Trudys Wohnung platzte fast aus den Fugen. Sie wechselte von ihrem Einzimmerappartement in eine Dreizimmerwohnung, wo sich in einem Zimmer die Schachteln bis zur Decke stapelten: Crèmes, Parfums, die allesamt entweder nach Gurken oder nach Pflaumen oder nach sonst einem Obst rochen. Diese Fruchtigkeiten sollten die üblichen exklusiven Markenprodukte vom Markt verdrängen.

Ich fand das Ganze reichlich suspekt und warnte sie, doch aufzuhören mit diesem zweifelhaften Geschäft. Sie aber war begeistert. Obwohl sie noch nicht mehr als zehn Dosen Gurken-Kosmetik verkauft, bestimmt aber schon mehr als zwanzig Versuchsmuster verschenkt hatte, war sie felsenfest entschlossen, die nächste Stufe auf der Leiter zum Erfolg zu erklimmen. Vizedirektor wollte sie werden. Inzwischen hatte sie auch die Spargelder ihrer Eltern in diese Firma investiert. Sie wollte unbedingt Karriere machen.

«Wenn man den Vizedirektor kauft, kann man gratis an einem Manager-Kurs in Miami teilnehmen.»

Ich, lakonisch: «Wie viele Vizedirektoren hat denn dieser Betrieb? Gibt's in diesem Gurkenverein auch Leute, die arbeiten?»

25

Sie lachte.

«Ach, Sophie, du siehst das alles viel zu schwarz. Es wird schon klappen. Wer nichts riskiert, der gewinnt auch nichts.»

Enthusiastisch reiste sie nach Amerika, mit einer Gruppe Vizedirektoren und Direktoren. Während ihrer Abwesenheit wurde eine weitere Ladung Kosmetik geliefert, die ich im nächsten Zimmer stapelte.

Nach diesem schweißtreibenden Job probierte ich den Aprikosen-Badeschaum aus — am Tag darauf hatte ich einen Ausschlag, der den ganzen Körper restlos überzog.

Ende September kam Trudy, genauso enthusiastisch, wie sie abgereist war, aus Miami zurück. An ihrer Hand prunkte ein riesiger Diamantring, den ihr Alberto, ihr neuer Freund und seines Zeichens ebenfalls Vizedirektor, geschenkt hatte.

«Er sieht doch tatsächlich echt aus, findest du nicht? Wenn man an etwas ganz fest glaubt, dann ist es auch so — das hast du mir doch selber erklärt.» Sie schmollte, weil ich keinen Luftsprung machte. Ich sagte:

«Na ja, schon, ich meine damit aber eher positiv denken, handeln und etwas Konkretes tun. Das ist bei den Gefühlen doch etwas ganz anderes als beim Materiellen — für mich jedenfalls.»

Sie erzählte vom Kurs.

«Und, was ist nun mit diesem Alberto?»

«Ach, Alberto, er ist wirklich wahnsinnig nett — aber zuwenig Pfeffer. Seit ich mich mit ihm eingelassen habe in Miami, stiert er mich an wie ein Kaninchen; er wartet, und ich soll die Initiative ergreifen. Schrecklich langweilig. Ich, ich brauche einen Mann mit einer starken Persönlichkeit — wie du zum Beispiel sie hast.»

Sie kniff die Augen zusammen, was mich leicht erschauern ließ.

«Sophie, schon länger . . . immer wieder überlege ich mir, ich meine, ich frage mich, wie wäre es wohl, eine Frau zu lieben? — Hast du es schon einmal erlebt?»

«Ja und nein. Schon während meiner Schulzeit habe ich für

26

Frauen geschwärmt, auch dann noch, als ich in Raffael unsterblich verliebt war. Da habe ich eine Frau gekannt, die hat mir vieles beigebracht. Atmen, Leben, all die Zusammenhänge. — Auf jeden Fall, Liebe ist Liebe. Geist und Herz müssen mitspielen, es braucht eine erotische Spannung — dann kann ich zärtlich zu einer Frau sein. Zuerst hatte ich aber ziemliche Angst davor. — Vor einem Jahr bin ich in Holland gewesen. Der Hoteldirektor brachte mir jeden Morgen das Frühstück persönlich ans Bett. Mindestens ein Pfund Schinken und vier Eier . . . Und als Nachspeise hat er sich selber angeboten. Am dritten Morgen wurde es mir wirklich zu bunt, und ich schrie ihn an: Erstens mag ich keinen Schinken und zweitens keine Eier und drittens Männer schon gar nicht! In seiner Enttäuschung brachte er mir am nächsten Morgen nur Kaffee, dann schob er eine wunderschöne Frau ins Zimmer. Er wünschte mir guten Appetit und sagte, seine Liebe zu mir sei so unendlich, und das Finanzielle habe er bereits geregelt. — Ich war perplex; erst als die Frau das Zimmer verließ, merkte ich, daß ich mich wahrhaftig hatte verführen lassen. Es war eher ein Experiment — ich fand's zwar schön —, meine Angst ist seit da verschwunden . . . Aber ohne tiefe Gefühle, da ist es das gleiche, wie wenn man mit einem Mann schläft, ohne für ihn tiefe Gefühle zu haben. Einerlei. Die Experimentierphase habe ich jedenfalls hinter mir.»

Die Kerzen brannten nieder; es wurde dunkel im Zimmer. Trudy schaute mich an, dann wieder den Diamanten. Im Hintergrund ständig die gleichen französischen Chansons. Wir lagen auf ihrem großen Bett, auf dem Bauch. Sie flüsterte:

«Sieh nur, er ist doch echt. Sieh nur, er wird ganz echt.»

Sie sagte es so eindringlich — der Raum schien wieder heller zu werden. Unsere Gesichter berührten sich. Wir starrten in die weiße Glut des funkelnden Diamanten — und fast gleichzeitig sprang der Funke über zwischen uns. Ein zärtlicher, langer Kuß . . . Wir schauten verlegen wieder auf den Ring. Plötzlich mußten wir lachen, und die Spannung fiel von uns ab. Sie sagte:

«Komm, Sophie, wir lieben uns, bis der Diamant ganz echt ist.» Und wir liebten uns. Wir küßten uns, von den Zehenspitzen bis zum Scheitel bedeckten wir einander mit Küssen, und hie und da trank sie zur Abkühlung einen Schluck Champagner aus meinem Mund. Erst sanft, dann immer wilder kamen wir zusammen und flossen ineinander über . . .

Im Morgengrauen fielen wir erschöpft in einen tiefen Schlaf, und als es hell wurde, wachten wir gleichzeitig auf, schauten uns schüchtern, dann liebevoll in die Augen. Und der Diamant war echt geworden. Wir würden Freunde bleiben fürs Leben.

Zum Champagner hatte ich Lachs eingekauft. Der lag noch unberührt da. Nun machten wir uns über ihn her. Trudy trank Schokolade dazu. Feierlich vereinbarten wir, niemals eifersüchtig auf Männer zu sein, uns frei zu fühlen, nur uns selber und unseren Gefühlen treu zu sein. Wir hatten einander so lieb gewonnen, daß wir uns alles Schöne und Gute — und dazu gehörten selbstverständlich auch Männer — von Herzen gönnen mochten. Die nächsten Jahre funktionierte es auch.

Nun mußte Trudy sich auf die Socken machen. Die Kosmetik! Doch nur wenige Leute zeigten Interesse für die zart nach Gurken, Tomaten und Pfirsichen duftenden sogenannten Naturprodukte. Das Wasser stand Trudy, wie sie mir sagte, bis zum Hals. Ich schlug ihr vor, einen weiteren Kleinkredit aufzunehmen, auf meinen Namen. Das sei sinnlos, meinte sie resigniert, das rette sie auch nicht mehr.

Außer es geschehe ein Wunder . . .

Tapfer und unermüdlich ging sie Klinken putzen, und ab und zu verkaufte sie ein paar Töpfchen — es wurde ihr rasch klar, daß sie nichts anderes war als eine Kosmetik-Vertreterin, die den Titel Vizedirektor für allzu teures Geld erstanden hatte. Die Firma ging pleite — der Direktorentitel war nicht mehr zu kaufen, denn der «echte» Direktor hatte sich eiligst davongemacht. Ein Riesenskandal.

1973 Ein Grund zum Feiern?

Ich lud Trudy öfters ein. Eines Abends, ich machte Überstunden, rief sie mich an:

«Komm bitte ins Royal — wir haben etwas zu feiern.»

«So vornehm? Was gibt's denn?»

«Eine Überraschung!»

Ich weiß nicht mehr, ob's ironisch oder verzweifelt geklungen hat.

Als ich eintraf, sah ich sie an einem Tischchen sitzen. Sie war hochelegant herausgeputzt. Auf dem Tischchen ein Kühler mit einer Flasche Champagner, daneben zwei Gläser.

Nachdem der Kellner eingeschenkt hatte, stieß sie mit mir an.

«Du kannst mir gratulieren, Sophie.»

«Wozu? Hast du heute etwa Geburtstag?»

«Nein, das nicht. Heute, Sophie, habe ich die Hunderttausendfranken-Grenze überschritten. An Schulden! Und nun sitze ich hier und male mir aus, wie's weitergehen soll. — Das heißt, ich stelle mir vor, ganz konkret, wie es wohl wäre, wenn ich ‹es› für Geld täte . . .»

«Hast du vorher schon etwas getrunken? Spinnst du? Du meinst das doch nicht wirklich im Ernst?»

«Warum nicht? Bin ich vielleicht zu häßlich?»

«Nein, sicher nicht, im Gegenteil, du bist zu vornehm, du bist unnahbar und . . . schön! Einfach unmöglich — diese Idee ist völlig absurd. Komm morgen ins Büro, wir brauchen dringend eine Aushilfe. Hast du verstanden?»

Sie nickte.

«Übrigens, was ist mit deinen Erfindungen?»

«Alles in Ordnung. Aber wenn ich ein Patent anmelden will, brauche ich Geld. Logisch. Oder wenigstens jemanden, der an die Erfindung glaubt und in die Produktion investieren will.»

«Nimm doch alle Unterlagen morgen mit. Vielleicht gibt's eine Lösung.»

Um halb neun stand sie in meinem Büro. Mein Chef Joris war begeistert; wir gingen beinahe unter in den Akten, und sie räumte alles in Windeseile auf. So ordentlich hatte es bei uns noch nie ausgesehen. Ich schickte Trudy ins Personalsekretariat um einen Aushilfsvertrag. Er wurde genehmigt.

Nora, die sie ja bereits kannte, sah diesem Unternehmen eher mit gemischten Gefühlen entgegen. Gelassen meinte sie:

«Na schön, weil du's bist, Sophie. Trudys Nachfolgerin in unserer letzten Firma war ja noch zehnmal ärger, so weiß man wenigstens, was man hat.»

Trudy arbeitete so schnell und so intensiv, daß uns, trotz allem Streß, noch Zeit blieb, ihre Erfindungen genauer anzuschauen und das Branchentelefonbuch zu durchforsten.

Es waren keine weltbewegenden Erfindungen wie der Reißverschluß oder der zusammenklappbare Schirm. Wegwerfwaschlappen hatte sie erfunden, eine spezielle, nicht unkreative Art von Hartplastikschmuck in allen Farben des Spektrums . . . Ihre Wäscheklammersäcke aus alten Bluejeans konnte man allerdings kaum als echte Erfindung bezeichnen.

Ich hatte eine Freundin mit einem äußerst reichen Vater. Es gelang uns, einen Termin mit ihm zu vereinbaren. Trudy präsentierte ihm ihre Erfindungen. Erfolglos. Es war wohl nicht der Augenblick für Trudys bahnbrechende Neuerungen. Später kam alles doch noch auf den Markt — leider ohne ihre Mitwirkung.

Wir gingen oft zusammen ins Kino, vor allem in französische Filme. Trudy hatte doch Heimweh nach Nizza.

«Ich möchte so gerne wieder mal hin, und du sollst mitkommen. Ich zeige dir, wo und wie ich gelebt habe. Du begleitest mich doch?»

«Ja. Nein, lieber später einmal. Du weißt, ich habe sehr traurige Erinnerungen an Nizza. Und im Augenblick liegt das auch gar nicht drin . . .»

«Ja, du hast recht», seufzte sie, «aber eines Tages, bald, fahren wir.»

«Einverstanden. Wenn es uns besser geht. — Warum, fällt mir ein, meldest du nicht einfach Konkurs an?»

«Nein, nein, das kann ich unmöglich. Dann wären doch auch all die Ersparnisse, die mir meine Eltern geliehen haben, in der Konkursmasse. Das kann ich ihnen nicht antun. Mein Vater hat sein Leben lang in einer Holzfabrik gekrampft. Er wird nur eine kleine Pension bekommen, er hat dieses Geld dringend nötig, schon bald. — Ich sollte mal wieder zu meinen Eltern nach Holsdorf fahren . . . Du kommst doch mit? Es ist ganz einfach bei ihnen, aber sie sind nett.»

«Abgemacht, wir fahren zu ihnen, am nächsten Sonntag.»

Wir sahen einen halben Film mit Romy Schneider. Ich jedenfalls bekam nur die Hälfte mit.

1992 *Astronomische Summen*

Das Läuten des Telefons reißt mich aus meinen Erinnerungen. O Gott, inzwischen habe ich für eine halbe Kompanie Kartoffeln geschält. Schön, meist rechne ich mit einem Gast, manchmal sogar mit zwei Leuten zusätzlich, aber nicht mit Scottys ganzer Schule . . .

«Ja. Sophie Muller.»

«Hansen Jasper, von der WSM.»

«Kenne ich nicht!»

«Entschuldigung, natürlich nicht. Ich bin Redaktor bei der Wochenzeitung ‹Wirtschaft & Soziales Morgen›. Ich hätte ein Angebot zu machen . . .»

«Was für ein Angebot?»

«Für Fotos und Informationen. Es geht um Amanda Kellermann.»

«Aha.»

«Mindestens hunderttausend Franken Honorar liegen drin. Vorausgesetzt, Sie geben absolut keine Information an jemand anderes weiter.»

«Ich weiß nicht, äh, ich weiß nicht, ob ich überhaupt etwas weitergeben werde.»

«Anyway — ich rufe Sie in spätestens zwei Tagen wieder an. Unternehmen Sie bis dahin bitte nichts. Guten Tag.»

Mir ist ganz schwindlig. Astronomische Summen . . .

Ich schicke Amanda nun doch ein Telegramm. Schließlich bin ich auch nur ein Mensch, und arm wie eine Kirchenmaus dazu.

Auf dem Weg in die Küche taumele ich.

1973 Es muß sich etwas tun!

Wo war ich mit meinen Gedanken? Ah ja, der halbe Film mit Romy Schneider. Wir blieben noch ein paar Minuten vor dem Kino stehen und werweißten, wo wir für einen Gutenachtdrink einkehren sollten.

Plötzlich war da ein junger Mann; er sah blendend aus mit seinem schwarzen Haar und den brennenden dunklen Augen. Und dieser junge Mann fiel tatsächlich vor Trudy auf die Knie und stotterte:

«Entschuldigen Sie, aber Sie sind so wunderschön! Was muß ich tun, damit Sie mit mir einen Kaffee trinken kommen?»

Er schien nicht zu bemerken, daß sie mich an der Hand hielt. Eine rührende Szene wie bei Shakespeare — und ganz leicht lächerlich.

Trudy sagte klar und emotionslos:

«Kommen Sie genau hierher zurück, wenn Sie eine Million in der Tasche haben!» Er erhob sich, verabschiedete sich mit einem Handkuß und versprach, das werde er tun.

«Also, hör mal!»

«Ist doch wahr. Traurig. — Ich bin felsenfest davon überzeugt, daß in diesem Augenblick in dieser Stadt einige Leute am Lamentieren sind: Was fang ich bloß an mit dem neuen Gewinn? Schon wieder eine Million! Und wir? Ich weiß nicht mal, ob ich morgen noch Geld fürs Benzin habe. Merde alors! Merde!»

«Ich kenne leider auch nur brave Normalverdiener und dazu eine Menge Künstler, aber die verdienen nicht einmal normal, geschweige denn regelmäßig. Wenn ich nur jemanden wüßte. Abgesehen davon, die meisten *Riches* tun das sowieso nicht, einer Fremden Geld leihen. Die können sich gar nicht vorstellen, was es bedeutet, in einer derartigen Misere zu leben. Diejenigen, die geerbt haben, noch eher, aber die Neureichen — pfui Teufel.»

»Sophie, falls ich je einmal zu Geld komme — dann möchte ich nie so werden. Sag mir, werde ich einmal reich?»

«Ja, du wirst einmal reich, ganz bestimmt. Das habe ich dir schon zweimal aus den Karten gelesen. Die Münzenkönigin! Du brauchst nur Geduld, aber die hast du ja nicht. Typisch für dein Sternzeichen.»

«Und du, Sophie, möchtest du denn nicht reich sein?»

«Im Augenblick schon, ja, da möchte ich mindestens so reich sein, daß ich mir um dich keine Sorgen zu machen brauche. So richtig habe ich noch nie darüber nachgedacht, aber heute, ja. Deine Raten zahlen und ab nach Nizza, in die Ferien. — Ich bin müde und traurig.»

«Bitte nicht. Du tust doch schon alles für mich, was du kannst. Hör zu. Wenn ich einmal reich bin, dann hast auch du keine Sorgen mehr, das verspreche ich dir! Du bist immer für andere da. Wenn ich dich nicht kennengelernt hätte . . . Komm, wir gehen in eine Bar und reden über unsere Zukunft.»

Aber die ganze Stimmung war grau; gräulicher Nebel senkte sich über die Altstadt, gräulicher Regen fiel, gräuliche Gestalten gingen mit gesenktem Kopf an uns vorbei. Mich fröstelte. Wir flüchteten in ein Lokal und tranken einen Punsch. Wir wurden nicht heiterer.

Noch zwei Tage bis Weihnachten. Trudy fuhr zu ihren Eltern nach Holsdorf. Sylvester wollten wir gemeinsam feiern. Sie kam fröhlich zurück.

«Ich bin eine ganze Menge Kosmetik losgeworden!»

«Wie hast du denn das fertiggebracht?»

1974 Einstieg ins Metier

«Och, ganz einfach. Ich bin an die Tankstelle gefahren, habe gesagt: Super, voll, und dann habe ich dem Tankwart ein Paket in die Hand gedrückt. Hier, habe ich zu ihm gesagt, das ist die Bezahlung, so müssen Sie sich kein Weihnachtsgeschenk mehr ausdenken für Ihre Frau. Und ich garantiere Ihnen, sie wird begeistert sein und noch schöner werden — und Sie haben auch etwas davon. Du hättest sein Gesicht sehen sollen . . .»

«Trudy, du kannst es mir doch wirklich sagen, wenn du mehr Geld brauchst!»

«Ja, schon, ich weiß, aber du tust so viel für mich, bezahlst dauernd. Du hast auch nicht gerade besonders viel.»

«Trotzdem, so kann das nicht weitergehen.»

Am nächsten Tag schickte ich sie zu einem Großindustriellen aus der Chemie-Branche; ich wußte, er war unwahrscheinlich reich. Sie sollte ihm ihre Ideen präsentieren.

Diesmal buchten wir wenigstens einen Teilerfolg. Er meinte:

«Das ist ja alles schön und gut. Aber welche Sicherheiten haben Sie mir zu bieten?»

Sie, charmant:

«Mich.»

Diese Sicherheit hat er wohl in Anspruch genommen. Die Patente aber, die sind niemals angemeldet worden. Immerhin, die größten Sorgen waren für den Augenblick behoben, ein Tropfen auf den heißen Stein. Er «schenkte» ihr zehntausend Franken, mit denen Trudy die Kreditraten ausgleichen und die ärgsten Löcher stopfen konnte.

Sie traf den Großindustriellen Jules noch einige Male und verliebte sich prompt in ihn. Nachdem er ihr nochmals zehntausend Franken «geschenkt» hatte, gestand er ihr, er könne an kein weiteres Bargeld mehr kommen, einerseits kontrolliere seine Frau die Finanzen mit, andererseits seien alle Spargelder für Jahre fest angelegt. Trudy traf Jules weiterhin, auch ohne Geschenke.

Ich nahm ihm — und nicht nur ihm! — später sehr übel, daß er, einer der reichsten Männer der Schweiz, nicht mehr für Trudy getan hatte. Er hätte ihr eine Boutique vorfinanzieren können, zum Beispiel.

Als ich Trudy bei einem unserer nächsten Treffen verzweifelt fragte, wie sie sich das vorstelle, wie das alles denn weitergehen solle, meinte sie lakonisch:

«Ich habe mich entschieden, Sophie. Du weißt doch, wo die Frauen verkehren, die ‹es› für Geld tun, oder? Laß uns mal einen Blick werfen, nur schnell, zum Spaß. Ich möchte einfach mal diese Atmosphäre spüren.»

Ich hatte meine Zweifel. Sie bemerkte es natürlich sofort.

«Bitte, nur zum Spaß. Sei kein Frosch!»

«Ja, gut, in Ordnung, vielleicht ist das gar keine schlechte Idee. Du siehst dann schnell genug, daß es überhaupt nichts ist für dich . . .»

Die Damen waren alles andere als erfreut über unsere Visite. Sobald sie in irgendeiner Form Konkurrenz wittern, werden ihre Blicke giftig und kalt. Aber Trudy ließ sich nicht von ihren Plänen abbringen.

«Ich werde es doch tun. Versuchen kann ich's doch. Findest du solche Frauen denn schlechter als die anderen?»

«Nein, das nicht. Aber du mußt schon ziemlich hart sein können, damit du nicht vor die Hunde gehst, ein seelisches Wrack . . .»

«Das wird mir nicht passieren. Ich werde meinen Körper geben, aber die Seele, die gehört mir ganz allein. Herzlich bin ich nur mit dir. — Nein, ehrlich, ich weiß einfach keinen anderen Ausweg. Und ich werde es ja nur vorübergehend tun — bis ich aus den gröbsten Schulden heraus bin und das Geld meinen Eltern zurückgeben kann. Du brauchst gar kein so finsteres Gesicht zu machen! Du kannst mich auch nicht abhalten davon. Besser, du hilfst mir. Zieh doch zu mir, ich habe Platz genug. Wir haben uns doch lieb, oder? Du störst mich nicht, falls du mich ertragen kannst. Das wäre ideal. Dein Einzimmerappartement gefällt dir ja doch nicht.»

Auf dem Nachhauseweg umarmte ich sie heftig; ich bat sie inständig, mir zu versprechen, daß sie sich alles noch einmal gründlich überlege.

In dieser Nacht verfluchte ich meine Armut zum ersten, aber keineswegs zum letzten Mal . . .

Tags darauf kam sie in mein Büro und bat mich um meinen Wohnungsschlüssel. Sie wolle meine Sachen holen und in ihre Wohnung bringen. Außer einigen Kleidern und einer Matratze befand sich sowieso nichts in meinem kahlen, scheußlich grauen Appartement. Sie gab mir ihren Wohnungsschlüssel, und wir vereinbarten, uns bei ihr — bei uns! — zu treffen. Nach der Arbeit mußte ich allerdings noch in eine Theaterprobe; in einer Woche war Premiere. Ich hatte die Regieassistenz übernommen und hatte beinahe mehr zu tun als der Regisseur. Als ich nach Mitternacht nach Hause kam, schlief Trudy fest. Sie roch nicht nach Aprikosen, sondern nach Terpentin . . .

Am Morgen fuhr ich mit dem Taxi um halb neun ins Büro — wieder einmal zu spät. Trudy schlief immer noch. Am Abend stand sie, wie schon oft, vor der Firma. Ohne Umweg fuhr sie zu meinem «alten Haus», und strahlend zog sie mich in mein ehemaliges Appartement.

Ich war baff. Nichts mehr zu erkennen. Ich trat in eine Traumlandschaft, in ein Märchen für Erwachsene. Alle Wände waren schwarz, mit goldenen Strahlen, sehr romantisch. Die Decke eine Farbenlandschaft wie von Chagall selber gemalt, ein Vorhang aus schwerem Samt spannte sich über die ganze Fensterwand, in zur Decke passenden Tönen. Und in der Mitte des Zimmers ein riesiges Bett mit einem dunklen Fellüberwurf.

«So, wie findest du's? Komm, sag etwas!»

«Wer hat das so schnell gemacht?»

«Ich — wer denn sonst? Gestern gemalt, heute die Sachen aufgestellt.»

«Unglaublich, deine Energie. Ich habe ja gewußt, du kannst rasch arbeiten, aber das ist der Hammer. Traumhaft. Ich glaube, ich ziehe sofort wieder ein. Das gefällt mir viel besser als deine Wohnung. Aber etwas fehlt. Nur ein Bett — es braucht doch einen Tisch und wenigstens zwei Stühle.»

«Du hast recht. Aber alles ist aufgebraucht — das Geld von Jules und das von unserem letzten Kleinkredit. Alles habe ich hier hineingesteckt.»

Ich hatte eine Idee.

Doch dafür mußten wir warten, bis die Cafés zusperrten. Bis es soweit war, kontrollierten wir, ob der Diamantring immer noch echt sei. Und wie! Er leuchtete und glänzte. Als die Cafés endlich geschlossen waren, fuhren wir los und holten uns von einer Straßenterrasse ein eisernes, weißes Gartentischchen mit zwei dazu passenden Stühlen. Wir luden alles in den Kofferraum und fuhren davon. Damals waren Tische und Stühle noch nicht angekettet . . .

Prächtig, wie das zum Interieur paßte. Perfekt.

Die Matratze allerdings war zu hart. In dieser Nacht schlief Trudy auf mir ein. Sie legte ihren Kopf an meinen Busen und murmelte:

«Geh nicht weg. Du bist so warm und so weich.»

Und schon war sie eingeschlafen.

Ich lag wach, streichelte ihr feines Haar.

Auf mir lag das zerbrechlichste und zugleich stärkste Geschöpf

— und wartete auf ein Wunder. Auf den Ölscheich, der an die Tür klopfte . . .

Das Wunder geschah nicht.

Samstag. Ich hatte frei. Voller Energie und putzmunter wachte Trudy auf. Sie war in ihrem Element; keine Macht der Welt hätte sie stoppen können. Höchstens der Ölscheich!

Wir gingen einkaufen. Zwei Miniröcke, sexy Pullover, Schuhe mit hohen Absätzen, eine Langhaarperücke mit blondem und eine mit schwarzem Haar.

Am Abend verschwand Trudy im Badezimmer, und eine neue Trudy kam heraus. Wir fuhren los, setzten uns in einem schäbigen Lokal an die Bar.

Es vergingen keine zehn Minuten, und Trudy unterhielt sich mit dem Barkeeper. Er hieß Billy.

Nachdem sie ihm ein höchst großzügiges Trinkgeld zugeschoben hatte, erzählte sie ihm von ihren Absichten.

Ich versuchte sie zu bremsen.

«Hast du denn keine Angst?»

«Nein. Sollte ich?»

«Ich meine, das kann ziemlich gefährlich sein . . .»

Sie bat mich jedenfalls, zu ihrem «neuen» Appartement zu gehen und zu warten und erst wegzugehen, wenn sie das kleine Lämpchen vor der Gardine gelöscht habe. Dann wäre alles in Ordnung. Man könne ja nie wissen . . .

Ich saß auf dem Trottoirrand und rauchte und hoffte fest, sie würde nicht auftauchen. Da verschwand sie mit einem Kerl im Haus. Es war kalt und dunkel. Aber deswegen zitterte ich nicht. Ich zitterte um sie. Ich litt für sie. Und als das Licht ausging, wurde es mir nicht leichter in der Seele.

Am Abend zuvor hatten wir noch stundenlang einen anderen, einen «passenden» Vornamen für Trudy gesucht — wie andere Paare für ihr ungeborenes Kind. Spielerisch, scherzend. Nur ein Name hatte ihrem Geschmack entsprochen . . .

40

1974 Amanda

Fürsorglich meinte sie:

«Soll ich dein Namensschild wegnehmen? Sonst denken die Männer und die anderen, du seist besagte Dame . . .»

«Laß nur, das spielt keine Rolle. Schließlich habe ich eine feste Anstellung. Für dich ist's günstig, die Anonymität . . .»

Was soll ich mich hier über weitere Details auslassen?

Amanda fand sich in ihrem neuen Metier rasch zurecht — und die sich Sorgen machte, war ich.

Ich war mir über manches nicht im klaren. Sagte man doch zum Beispiel, man müsse als Prostituierte geboren sein. Wie viele taten es freiwillig, wie viele aus Lust oder aus Habgier? Wo war die moralische Grenze, falls es wirklich eine zu ziehen gab? War es eine Art Schwelle, die einem den Ausgang versperrte, die bewirkte, daß man ihn nicht mehr finden wollte? Begann es gleich mit Lügen und Stehlen? Bedachte man, daß es in Z. damals dreitausend registrierte Callgirls gab und nochmals dreitausend, die in der Grauzone des Nichtwissens arbeiteten, bedachte man, daß diese Damen alle besser als durchschnittlich verdienten, so drängte sich die Frage auf, wie viele von ihnen Männer besuchten und wie oft am Tag . . .

Jede dieser sechstausend Frauen hatte im Durchschnitt zwei Männer am Tag, macht zwölftausend Besuche allein in Z.! Unglaublich, aber wahr.

Doch die größte Sorge galt meiner Freundin. Es legte sich eine

Last auf meine Seele, die in den folgenden Jahren nicht mehr wich, ein nagendes Gefühl der Verantwortung für alles, was noch geschehen würde. War Amanda stark genug, damit ihre Seele all die Strapazen, beileibe nicht nur die körperlichen, zu bewältigen vermochte? Ich konnte nichts anderes tun, als, soweit ich es eben mit meiner Arbeit vereinbaren konnte, ganz für sie dazusein.

Das Geld tröpfelte stetig herein.

«Weißt du, sagte sie mir, «ich versuche eben, mich in jeden meiner Kunden zu verlieben. Alle Menschen haben etwas Liebenswertes. Und darum ist nichts, was aus Liebe geschieht, schlecht. — Das hast du ja selber einmal gesagt.»

Ich wußte nichts dagegen einzuwenden, gab mich widerwillig geschlagen.

Aber noch viele Abende verbrachte ich rauchend und zitternd auf dem Trottoirrand. Bis Amanda dem endlich ein Ende machte.

«Ich glaube, das ist nicht mehr nötig. Mir passiert schon nichts. Und wenn doch — Schicksal!»

«Du bist ziemlich kaltblütig geworden. Ich hoffe nur, du stumpfst nicht völlig ab. Falls ich das merken sollte . . .»

Ihre Umarmung überzeugte mich, daß es noch nicht so war.

Die nächsten paar Wochen lief alles reibungslos.

Da stürzte Amanda eines Nachts zu mir in die Wohnung. Das Gesicht blutüberströmt, ein Auge blaugeschlagen.

Sie weinte, schluchzte; ich hielt sie in meinen Armen und tröstete sie. Ich legte sie aufs Bett, ließ sie ausschluchzen. Sie brachte kein Wort heraus, zitterte heftig.

Nachdem sie sich ein wenig beruhigt hatte, machte ich ihr Kamillenumschläge und kochte ihr einen starken Kaffee.

«Ein seriöser Mann, elegant, gutaussehend . . . und plötzlich schlägt er wie ein Irrsinniger auf mich ein. Völlig normal hat er seinen Orgasmus gehabt, nichts von Gewalt. Und dann hat er mich einfach liegenlassen und ist ohne ein Wort abgehauen. Das Geld hat er dagelassen. Ich kann das einfach nicht begreifen. Die anderen Frauen, die haben eben einen Zuhälter, ihnen passiert so etwas nicht. Manchmal denke ich mir, es wäre viel einfacher so . . .»

«Amanda, überleg doch mal. Ich bin überzeugt, den Kerl hat dir ein Zuhälter geschickt. Die wollen dich mürbe machen. Und kommt dann übermorgen einer auf dich zu und verspricht dir besonderen Schutz, dann bist du weich und sagst ja. Aber das darf einfach nicht passieren! Dann hast du nämlich nicht mehr die kleinste Chance, wieder auszusteigen. Dann bleibst du hängen und gehst drauf. Und du willst doch wieder aussteigen?»

«Ja, schon. Aber, na ja, eigentlich mach ich's ganz gern. Ich glaube, es ist das einzige, bei dem ich wirklich Erfolg habe. Du siehst es ja, es geht mir schon viel besser.»

«Zugegeben. Aber nur materiell. Du hast mir versprochen, du hörest auf, sobald deine Schulden abbezahlt seien. Fertig, Schluß. Du weißt doch, wie die meisten Frauen in diesem Beruf enden!»

«Ja, ja, ja!»

An diesem Wochenende spielte ich Lotto — für eine Menge Geld.

Ein paar Abende vorher war ich auf die Straße gegangen, hatte mich als Reporterin ausgegeben und diverse Prostituierte befragt, die älter als fünfzig waren. Nichts als Elend. Für oft nicht mehr als zehn, zwanzig Franken verkauften sie ihren Körper. Eine erzählte mir, sie habe es einmal als Verkäuferin versucht, aber wie der Chef sie zum erstenmal zusammengeschissen habe, weil sie seiner werten Meinung nach die Gestelle nicht rasch genug aufgefüllt habe, da habe sie das Handtuch geworfen. Nein danke, habe sie gedacht, nicht mit mir — und das Ganze für einen Tausender im Monat. Den verdiene sie in einer Woche auf dem Strich, mindestens. Die Männer seien ja dankbare Wesen. Zum Schluß hatte sie noch gesagt: ‹Ja, damals war ich natürlich jung und hübsch . . . Wenn ich gewußt hätte, was mich im Alter erwartet, ich hätte brav weiterhin Gestelle aufgefüllt. Man hat mich schließlich gewarnt. Aber wenn du jung bist, denkst du, dir passiert das nicht.›

Eine andere hatte versucht, sich in eine Ehe zu retten: ‹Aber das

Haushaltsgeld war wahnsinnig knapp, und ständig um einen Extra-Hunderter betteln wollte ich nicht. So habe ich mir mein Taschengeld halt auf der Straße dazuverdient. Als mein Mann dahinterkam, hat er mich hinausgeworfen, dorthin, wo ich hergekommen war.›

Alle Frauen, die ich befragte, tranken. Ohne den Alkohol hätten sie ihr Leben nicht ertragen.

Am Morgen nach jener schlimmen Begegnung ließ ich Amanda in tiefem Schlaf zurück und fuhr ins Büro. Gegen Mittag rief ich an — sie nahm nicht ab. Ich war beunruhigt und fuhr in der Mittagspause mit dem Taxi nach Hause. Sie war weg. Gott sei Dank! Gegen Büroschluß rief sie mich an.

«Sophie, ich habe mir heute zum Trost etwas gekauft . . .»

«Ist in Ordnung, Amanda — aber du hättest mich vorher anrufen können. Ich habe mir Sorgen gemacht.»

«Du machst dir viel zu viele Sorgen. Es wird schon werden, keine Angst. Bis heute abend.»

In diesem Augenblick wurde ein Bouquet, mindestens fünfzig Rosen, für mich abgegeben. Es lag ein Zettelchen dabei. Mit Dank und ewiger Liebe, Dein Amando. Unglaublich! Und ich hatte geglaubt, sie liege deprimiert im Bett . . .

Die Bürokollegen hänselten mich: Na, Sophie, ein neuer Verlobter?

Am Abend brachte sie mir ein teures Parfum und einen noch teureren Pullover mit.

«Amanda, das ist wirklich lieb von dir — aber du sollst doch nicht so viel Geld ausgeben. Zuerst die Schulden.»

«Du hast doch schon mal etwas von diesem Gesetz gehört: Geld muß fließen, dann kommt's von selber zurück.»

Sie schmollte. Und ich lachte.

«Wie recht du hast! Aber alles zu seiner Zeit, meinst du nicht? Und im entsprechenden Rahmen. — Du solltest übrigens auch nicht mehr in diese Bar gehen, du hast doch schon zwei Stammkunden, die deine Telefonnummer haben. Ein Inserat wäre besser.»

«Entwirfst du mir eines?»

«Sicher. Besorg mir nur ein paar Zeitungen.»

In dieser Woche ging's drunter und drüber im Büro. Mein Chef hatte sich das Bein gebrochen — ich mußte ihm die Arbeit ins Spital bringen.

Amanda kam in einer Nacht wieder weinend heim. Diesmal hatte sie Würgemale am Hals. Der Kunde hatte sie massiv bedroht: Wenn sie nicht aus dem Milieu verschwände, so käme das nächstemal ein anderer, und der habe Salzsäure dabei. Ihr schönes Gesichtchen könne sie dann vergessen . . .

Amanda gab nicht auf. Ich begleitete sie in die Bar.

Als ich, ein paar Tage später, nach dem Einnachten durch eine Gasse ging, ich war auf dem Weg zum Tram, kam mir Sissi, eine stadtbekannte Hure, entgegen. Sie blieb stehen, pflanzte sich vor mir auf, spuckte auf den Boden und verpaßte mir zwei Ohrfeigen, zuerst eine links: ‹Die ist für deine Freundin.› Dann eine rechts: ‹Die ist für dich. Laß dich hier nie mehr blicken, du dreckige Fotze! Die da versaut den anderen das Geschäft mit ihren hohen Preisen.›

Ich ging nach Hause. Amanda sagte ich nichts.

Natürlich hatte Sissi recht. Amanda verlangte dreimal soviel, mindestens, wozu ich sie auch drängte. Wenn schon, dann schon . . . Schließlich war Amanda etwas Besonderes, und ihre Dienste waren das auch. Vollbad, Vollmassage, Sekt und Kerzenlicht, Musik, viel Zeit und noch mehr Zärtlichkeiten. Das alles war doch seinen Preis wert!

Nun drängte ich mit dem Inserat. Und es erschien. *Hundert Prozent Diskretion zugesichert!*

Auch Billy, dem Barkeeper, machten es die anderen nicht leicht. Er mochte Amanda sehr. Er gab Amanda die Adresse einer «Dame» aus der besseren Gesellschaft, die wahrscheinlich ihre eigene Karriere auf die gleiche Weise in Billys Bar begonnen hatte.

Wieviel er an seinen Vermittlerdiensten verdiente, ist mir nicht bekannt.

Diese Dame, sie hieß Wilhelmina, bestellte junge Frauen mit Stil und Klasse zu sich nach Hause in ihre Luxusvilla; dort setzte sie ihren früheren Liebhabern etwas Frisches vor. Mit diesen Deals machte sie einen Haufen Geld und konnte so ihren hohen Lebensstandard halten. Außerdem arrangierte sie Treffen in Luxushotels mit Ölscheichen, Herren aus dem Umfeld des Schahs und weiteren Reich- und Berühmtheiten. Die «höheren» Herren konnten sich auf Wilhelminas Diskretion verlassen — das war sicherer, als in eindeutigen Bars aufzukreuzen oder auf zwielichtige Inserate zu reagieren.

Da starb Billy, an einem Herzinfarkt — er war keine vierzig geworden. Amanda war sehr traurig. Noch trauriger aber war sie darüber, daß außer ihr nur zwei Menschen an der Beerdigung teilnahmen. Für einen wie Billy stehen die Leute aus dem Milieu nicht schon um zehn auf!

Amanda ging nicht mehr in die Bar. Wie war ich froh! Die Inserate und Wilhelmina reichten im Augenblick völlig. Außerdem war sie nach Billys Tod zu deprimiert, um zu «arbeiten».

Pfingsten — und damit eine ziemliche «Flaute» — stand vor der Tür, und ich schlug Amanda vor, wir könnten für ein verlängertes Wochenende nach Wien fahren. Ich hatte hier eine reichlich spleenige Bildhauerin kennengelernt, die zeitweilig bei einem Freund in Z. wohnte und dann wieder in Wien. Georgina oder George, wie sie/er sich nannte, war in Wien ein Mann und in Z. eine Frau. Sie überließ uns ihr Wiener Atelier, aber nur unter der Bedingung, daß wir, falls wir Mitglieder ihrer Familie oder Freunde träfen, nichts verrieten. Amanda war amüsiert. Wir brausten los, in einem geliehenen Sportwagen. Sie war in ihrem Element; bald rasten wir mit hundertachtzig über die Autobahn. Ihr sonst bleiches Gesicht rötete sich in Wind und Frühlingswetter. Spontan zog sie die Bluse aus.

Und schon hörten wir hinter uns die Polizeisirene. Die beiden Polizisten, die unsere rasende Fahrt stoppten, waren so erschrocken über die halbnackte Frau am Steuer, die sie lachend begrüßte und sich naiv und freundlich erkundigte, ob sie ihren Führerschein auch noch sehen wollten — auf der Paßfoto sei sie allerdings seriös angezogen, wie meistens —, daß sie sich für die Störung entschuldigten . . . Kommentarlos ließen sie uns weiterfahren.

Amanda war entspannt und ausgelassen, eine Seltenheit bei ihr. Trocken meinte sie:

«Endlich mal keine Buße. Zuhause stapeln sich die Bußenzettel; entweder ich fahre zu schnell oder ich parkiere falsch. Aber die Suche nach einem Parkplatz braucht immer so viel Zeit. Und Zeit ist Geld. — Meinetwegen werden die Polizisten jedenfalls nicht arbeitslos.»

Ihre Depression war wie weggeblasen. Singend — es hörte zum Glück niemand zu — erreichten wir Wien.

Georges Atelier befand sich über einem Dancing, in einem Haus, das aussah wie eine alte Burg. Riesige, atemberaubend schöne Räume. Nachdem wir alles inspiziert hatten, gingen wir hinunter ins Dancing; wir tanzten die halbe Nacht. Meistens zusammen — was auf gewisse Männer einen ganz besonderen Reiz ausübte; sie versuchten uns immer wieder zu trennen, und wir ließen es, theatralisch langsam, zu. Beide hatten wir schließlich einen zusätzlichen Partner. Wir luden die Männer ins Atelier ein. Sie gefielen uns — der meine mir, der ihre ihr. Wir haben sehr unterschiedliche Geschmäcker. Ich stand auf große, schlanke Typen, sie zog die kleinen, dicken, glatzköpfigen vor.

Ich verzog mich mit Roberto ins Blaue Zimmer — es war mit riesigen Seejungfrauen ausgemalt —, nachdem Amanda mir bedeutet hatte, sie werde mit ihrem Partner den Rest der Nacht im Sputnik-Zimmer verbringen. Es verdankte seinen Namen einer Art Bettrakete mit diversen Bedienungsknöpfen. Das Bett schüttelte und rüttelte sich, gab nervtötende Computergeräusche von sich, farbige Lichter blinkten, Musik erklang, es enthielt sogar eine automatische Bar. (Wir fanden die Gebrauchsanweisung nicht, Georgina mußte die Rakete später selber in ihren Ausgangszustand zurück-knöpfeln.)

Morgens um fünf stürmte Amanda ins Blaue Zimmer und forderte Roberto energisch auf, unverzüglich das Atelier zu verlassen. Er war zu verwirrt, als daß er hätte enttäuscht sein können. Ich war noch nicht wach genug, um mich zu wehren. Er zog ab. Ich wankte mürrisch in Amandas Zimmer und fuhr sie an.

«Das geht zu weit! Erst schiebst du mich ab, und nun das!»

Sie bat mich um Verzeihung und klopfte verführerisch lächelnd auf die Bettdecke.

«Komm, leg dich zu mir. — Weißt du, der Typ ist mir schnell verleidet. Passiert mir immer öfter. Ich finde es nur noch reizvoll, bis ich weiß, daß ich einen haben kann. Dann habe ich schon genug von ihm.»

Das stimmte mich ziemlich nachdenklich. Sie fuhr fort, ohne daß ich etwas sagen konnte:

«Schließlich sind wir nach Wien gefahren, um zusammenzusein. Und am liebsten bin ich mit dir . . .»

Müde und nachgiebig ließ ich mich in die Rakete sinken, Amanda schmiegte sich an mich; ich wurde weich.

Mein Blick fiel auf einen Haufen Tausendschillingnoten, die auf dem Boden lagen. Sie bemerkte es.

«Wovon, meinst du, soll ich sonst die Miete für den teuren Wagen bezahlen?»

Nach einem Champagnerfrühstück mit Lachs, sie verspeiste dazu ein ganzes Glas Silberzwiebelchen, drängte sie mich, sie auf einen Einkaufsbummel zu begleiten. Sie benötige noch ein paar Accessoires . . .

Sie durchlebte gerade ihre Silbrige Periode: Dessous, Strümpfe, Stiefel, Handtaschen, alles mußte silbrig sein. Der silbrige Augenschatten stand ihr unwahrscheinlich gut — oder gefielen mir ihre Augen besonders, weil sie so fröhlich und ausgelassen blinzelte? Der Schleier der Unnahbarkeit, den sie meistens um sich hüllte, war wie weggewischt. Sie lachte viel und manchmal auch laut, umarmte mich mitten auf der Straße herzlich, ja stürmisch:

«Heute abend bleiben wir im Atelier, ja?»

«Aber das ist ja etwas ganz Neues, Amanda!»

«Ich fühle mich dort richtig zu Hause. Und dir geht es ja ebenso. — In einem solchen Haus mit so viel Platz könnte ich für immer leben.»

Wir schleuderten unsere Einkäufe in die Ecke und machten es uns in Georginas Arbeitsraum bequem. Wir bewunderten ihre Werke. Amanda seufzte:

«Wenn ich doch auch nur ein solches Talent hätte! Ich würde so gerne etwas Kreatives machen — ich kann doch einfach nichts.»

«Bist du da sicher? Hast du's denn schon mal versucht? Wer hindert dich denn daran?»

Mit ihrer ganzen Begeisterung machte sie sich an die Arbeit. Zuerst malte sie ein Blumenbild — nicht besonders gut. Doch als sie begann, eine Plastik zu formen, sah ich schon bald, wie unter ihren Händen ein wunderschönes Wesen entstand, das fast zu leben schien. Ich beobachtete sie stundenlang. Beinahe die ganze Nacht über — ab und zu machte sie eine Zigarettenpause — war sie ins Modellieren vertieft. Und als sie die Figur vollendet hatte, setzte sie sich auf den Boden, besah sich noch einige Sekunden skeptisch ihr Werk und schlief ein. Ich bestaunte meine schlafende Geliebte und die Plastik noch lange. Danach holte ich aus der Einkaufstasche die beiden Stoffnilpferdchen, die ich ihr für ihre Sammlung gekauft hatte, und legte sie neben die beiden. Amanda sammelte von allen Stofftieren je ein Pärchen; es fehlte nur noch die Arche Noah. Später nannten wir die Nilpferde George und Georgina oder scherzend «Wienerli».

Ich holte eine Felldecke und legte mich zu der Vierergruppe. Wir schliefen bis zum Mittag. Dann «frühstückten» wir in der Badewanne — sie hatte die Form einer Seerose; der ganze Raum war türkisch gekachelt, die Fliesen waren verziert mit Hunderten von

Keramikfröschen und -schlangen. Vergeblich suchten wir den Froschkönig.

Sonntag, die Geschäfte waren geschlossen. Leider. Ich schlug einen Besuch im Klimt-Museum vor.

Amanda war von den Gemälden sehr angetan, vor allem «Der Kuß» begeisterte sie. Beim Ausgang kaufte ich mir einige Karten und Posters; den «Kuß» wollte ich ihr schenken. Sie lehnte höflich, aber bestimmt ab.

«Sei mir nicht böse, Sophie. Behalte das Poster. Eines Tages kaufe ich mir einen echten Klimt.»

Nachdem wir zurückgekehrt waren, durchsuchten wir Georges Atelier. Es gab einen Raum, der war vollgestopft mit Garderobe. Wir rätselten, ob George nun in Tat und Wahrheit ein Mann oder eine Frau sei. Amanda meinte:

«Hören wir auf zu werweißen. Ich garantiere dir, das finde ich, sobald wir wieder in Z. sind, schnell heraus. Mich fasziniert vielmehr die Art, so zu leben . . .»

Sie schnappte sich einen gestreiften Herrenanzug, zog sich ein weißes Oberhemd an und band sich eine Krawatte um. Dann setzte sie sich einen Hut auf und fragte mich herausfordernd:

«Gehst du heute abend so mit mir aus?»

«Warum nicht — wenn du ein Paar passende Schuhe findest. Deine Silberstiefel sind leicht deplaziert . . .»

Sie sah blendend aus in dieser Aufmachung. Vor dem Spiegel übte sie einen schweren Schritt, stemmte die Hände in die Hüften; anfangs wirkten ihre Bewegungen wie die von Chaplins kleinerem Bruder. Doch es dauerte nicht lange — die zu großen Schuhe stopfte sie mit Damenstrümpfen aus —, und sie wirkte glaubhaft.

Amanda führte mich aus in ein schickes Wiener Restaurant und bestellte zur Vorspeise einen Eisbecher. Der Ober reagierte pikiert.

«Gnädiger Herr, wir sind ein Speiselokal . . .»

«Ist es in einem guten Speiselokal vielleicht verboten, den Salat als Nachspeise zu nehmen? Wenn ja, dann rufen Sie bitteschön mal den Chef.»

Unter Entschuldigungen servierte er eine «Dame Blanche».

Amanda bestellte provokativ einen Veuve Clicquot, worauf der Ober zum gnädigen Herrn sagte, dies sei ein äußerst kostspieliges Getränk.

«Dann lassen wir's eben. Ich ziehe sowieso Taittinger vor.»

Sie blitzte den Ober böse an. Solche Bemerkungen machten sie rasend. Ich sagte zu ihr, sie sei wieder einmal höchst extrem.

«Laß mir doch den Spaß. Er verdient es nicht anders, dieser Kleinkrämer. — Was hat er davon, wenn er mich heruntermacht? Mit einem solchen Mann könnte ich nie zusammenleben. Typisch engstirniger Bürger.»

Wir ließen uns die Stimmung nicht vermiesen und genossen ein herrliches Chateaubriand. Zum Nachtisch gab's einen gemischten Salat mit französischem Dressing . . .

Den Heimweg verlängerten wir mit zwei Barbesuchen. Amanda wollte ihre Wirkung als Amando voll ausleben — doch leider schien kein Passant und kein Gast etwas Merkwürdiges oder gar Abartiges an ihr/ihm zu sehen. Auch dieses Spiel hatte am Ende des Abends seinen Reiz für sie verloren. Wir legten die Kleider zurück in Georges Schrank.

Immerhin, es war schön und befreiend gewesen, in aller Öffentlichkeit zärtlich zu sein; niemand hatte daran Anstoß genommen.

Am Pfingstmontag räumten wir, bevor wir uns auf den Rückweg machten, auf, Amanda putzte voller Elan Georges Fenster. So geglänzt hatte das Atelier wohl noch nie. Für Georgina hatten wir als Dankeschön ein raffiniertes Abendkleid gekauft.

Während der Fahrt erzählte mir Amanda, sie habe zwei Stammkunden verloren — der eine habe Lippenstift am Hemd gehabt, und seine Frau habe das exklusive Parfum der «anderen» gerochen. In Zukunft werde sie weder das eine noch das andere benutzen. Man lerne immer wieder dazu. Der andere habe, um sie verwöhnen zu können — er sei Chefbuchhalter in einem Großkonzern —, wahrscheinlich Geld unterschlagen. Jedenfalls habe er seine Stelle verloren und sei nur äußerst knapp mit einem blauen Auge davongekommen. Er tue ihr so leid, sie werde trotzdem mit ihm ausgehen . . .

Im Fürstentum Liechtenstein machten wir einen Zwischenhalt. Dort wohnte ein persischer Teppichhändler, den ich in Auhdam kennengelernt hatte. Amanda wollte ihn besuchen. Er freute sich sehr über unseren Besuch und bewirtete uns äußerst zuvorkommend. Amanda und er fanden sichtlich Gefallen aneinander.

Er erzählte, er werde anderntags nach Bagdad reisen, um Waren einzukaufen. Amanda sagte spontan:

«Wir könnten zu dritt fahren. Und in drei Tagen sind wir wieder zurück.»

Ich weigerte mich — schließlich war ich eine normale Büroangestellte. Amanda schmollte, fragte aber gleich:

«Bist du mir böse, wenn ich mit Faruk nach Bagdad reise?»

So fuhr ich am Abend mit der Bahn nach Z.

Nach drei Tagen erschien Amanda. Mit kindlicher Freude präsentierte sie mir einen echten Perser — einen Teppich. Der andere Perser, Faruk, gehörte der Geschichte an, wir sahen ihn nicht mehr.

Die Skulptur hat sie mir geschenkt. Noch heute hat sie ihren festen Platz in meiner Glasvitrine, und sie wird von allen bewundert, obwohl sie bei all den Umzügen ein Bein und einen Arm verloren hat.

Kurz nach ihrer Rückkehr lernte Amanda einen Mann kennen, der soeben zusammen mit seinen Verwandten eine Mietskaserne unter dem Lindenhof geerbt hatte. Im Künstlerviertel, wo ich nur zu gerne auch gewohnt hätte. Das Haus stand leer, solange sich die Erben nicht darüber einigen konnten, ob es verkauft werden sollte oder nicht. Über eine Großbank — somit hatte der bekannte Weinhändler Ahorn nichts damit zu tun — erhielt ich den Mietvertrag. Nicht daß Amanda und ich Probleme gehabt hätten miteinander, doch ihr Rhythmus und meiner waren sehr verschieden. Jeden Morgen kam ich müder ins Büro, da ich mir nachts noch die «Liebhaber-Geschichten» — all die sexuellen und die anderen Sorgen Amandas — anhörte. Manchmal waren die Geschichten traurig, oft auch lustig, ab und zu völlig grotesk, auf jeden Fall aber immer interessant . . .

Lassen wir das.

Amanda war eine Perfektionistin, alles war sehr ordentlich bei ihr, bis in die letzte Ecke. Ich fühlte mich zwar mit ihr zusammen wohl, aber nicht in ihren Räumlichkeiten. Ich hatte ein eher chaotisches Naturell, war hippiemäßig unordentlich. Mir gefiel es inmitten von verstreuten Büchern, gefüllten Aschenbechern und alten, vertrockneten und verstaubten Blumen, vielen Andenken, Nippsachen, Fotos und Posters und all meinen Kuriositäten, die ich sammelte.

Zwei Gegensätze, nicht nur was das Wohnen, auch was die Figur betraf. Begleitete ich sie irgendwohin mit einem ihrer «Liebhaber» und stellte sie mich als ihre Freundin vor, so wunderte man sich immer, daß ich, mit meinen Rundungen, meinem vollen Busen und meinem langen, wallenden Haar, nicht die gleiche Laufbahn eingeschlagen hatte.

«O nein», sagte jeweils Amanda, und das voller Stolz — worauf, war mir nicht klar —, «meine Freundin ist für kein Geld der Welt zu kaufen.» Und scherzhaft: «Sie gehört mir ganz allein.»

Manchmal jedoch fragte sie mich ernsthaft:

«Willst du nicht mit mir zusammenarbeiten? Das wäre doch viel einfacher. Du müßtest dich nicht mehr im Büro abrackern.»

«Amanda, du weißt genau, ich kann das seelische Gefühl nicht vom körperlichen trennen.»

Vielleicht ahnte ich da schon, jung, wie ich war, daß «man» sich keine neue Seele «schenken» lassen kann — und schon gar nicht von einer sogenannten göttlichen Organisation.

Ich zog also um, in eine große Vierzimmer-Altwohnung im Künstlerviertel von Z. Ich war glücklich, mein eigenes Nest einrichten zu können. Viele Künstler gingen ein und aus bei mir. Wollte ich mal wirklich ungestört sein, so war ich gezwungen, an den Fenstern ein deutlich sichtbares Zeichen anzubringen. In dieser Wohnung habe ich angefangen, vor allem für Freunde und Bekannte die Karten zu legen. Ich hatte, als ich gut achtzehn gewesen war, festgestellt, daß ich gewisse Fähigkeiten hatte diesbezüglich — und daß ich mit meinen Prophezeiungen des öfteren recht hatte. Ich glaube nicht, daß dies jemand dauernd kann — das kann nur ab und zu wirklich gelingen. Wie jede Kunst braucht auch diese besondere Augenblicke der Inspiration. Termine und fixe Preise sind dem Kartenlegen nur abträglich.

Amanda und ich verbrachten meistens das Wochenende zusammen — da hatten ihre «Kunden» brave Familienväter und Ehemänner zu sein. Wir besuchten ihre Eltern, die ich sehr gern mochte.

Auf einer der Fahrten ins Bergdorf erzählte sie mir zum erstenmal ausführlich von ihrer Kindheit: Schon als Mädchen war sie eine Einzelgängerin; sie hatte nie eine beste Freundin oder eine Vertraute, weil sie mit ihren Leistungen in der Schule die anderen verunsicherte, ja abstieß. Sie verkehrte lieber mit den Lehrern als mit ihren Schulkameraden.

Die Atmosphäre zu Hause empfand sie als bedrückend; ihre Eltern mußten hart arbeiten und schienen dennoch auf keinen grünen Zweig zu kommen. Wollte sie nicht gehorchen, so drohte ihr die Mutter mit dem immer gleichen Spruch: ‹Auch du, Trudy, wirst noch einmal gehorchen müssen — warte nur, bis du einen Chef hast, dann ist dein Leben nicht mehr so leicht und so schön.› Sie meinte dazu. ‹Ich werde keinen Chef akzeptieren — ich werde selber Chefin!› In ihrer Kindheit las sie viel; sie flüchtete sich in die Märchenwelt und träumte. In den zehn Jahren allerdings, die ich sie kannte, las sie höchstens zwei Bücher — eines von Hermann Hesse und noch eines, einen amerikanischen Bestseller. An den genauen Titel erinnere ich mich nicht, es ging jedenfalls um die Frage «Wie werde ich aus eigener Kraft Millionär?»

Andererseits war sie lern- und wißbegierig, und sie wollte die Beste sein, das war ihr viel wichtiger als jede Freundschaft mit Mädchen aus dem Dorf. Und bald wurde es ihr dort zu eng; sie hielt es nicht mehr aus im kleinen Kaff. Kurz vor der Matura lief sie bei Nacht und Nebel davon.

Vor allem Amandas Vater hatte ich in mein Herz geschlossen, einen hageren, stillen kleinen Mann. Als ich ihn zum erstenmal sah, wußte ich, woher sie ihre ausdrucksstarken, smaragdgrünen Augen und das helle Haar hatte — nur wirkten seine Augen noch dunkler und melancholischer. Er war äußerst wortkarg, sah seine Tochter jedoch in unbeobachteten Augenblicken immer heimlich bewundernd an. Wenn er merkte, daß ich es bemerkt hatte, lächelte er mir scheu und auch begreifend zu.

Die Mutter, eine rechtschaffene, ehrliche und fleißige Frau, plauderte gerne wie ein Wasserfall. Sie verwöhnte uns mit Torten, die sie selber gebacken hatte. Manchmal äußerte sie sich mir gegenüber voller Sorge darüber, daß ihre Tochter, nun schon sechsundzwanzig, noch immer nicht verheiratet sei. Ich beruhigte sie. Trudy habe zwar einen Freund, doch der sei noch nicht der Richtige — sie habe noch viel Zeit. Als sich diese Gepräche bei einem der nächsten Besuche wiederholten, der Vater war gerade nicht im Zimmer, platzte Trudy heraus:

«Mama, ich habe ein paar Freunde, reiche Männer, ich lebe von ihnen . . . Wie sonst, meinst du, hätte ich in so kurzer Zeit meine Schulden zurückzahlen können? Und all die Geschenke?»

Die Mutter lächelte mich an. Sie hatte es überhört.

«Wann fahrt ihr wieder einmal nach Nizza? Sophie, wann heiratest du eigentlich? Möchtest du noch ein Stück Torte?»

Vor Schreck vertilgte ich gleich zwei Stück, nur um Amandas Mutter zu beruhigen. Sie verdrängte ihre Gedanken erfolgreich. Ich verstand's. Welche Mutter will denn schon eine solche Wahrheit über ihre Tochter hören?

Am Sonntagabend fuhren wir zurück in die Stadt; meistens gingen wir ins Kino, denn die Herren hatten erst wieder während ihrer arbeitsreichen Geschäftswoche Zeit.

Zu Amandas Kundenstamm gehörten inzwischen übrigens ein bekannter Anwalt, ein profilierter Gynäkologe sowie einige Steuerbeamte. Höchst empfehlenswert und praktisch!

Da tauchte eines schönen Tages unsere frühere Bürokollegin Elsa (geschieden, zwei Kinder, frustriert) bei mir auf. Ihr einstmals biederes Aussehen war verschwunden. Nun war sie aufgedonnert und sah billig aus. Mit scharfer Stimme schnauzte sie mich an, vorwurfsvoll.

«Du mußt mir helfen! Unbedingt. Ich weiß, daß du Amanda geholfen hast, etwas zu werden. Alleine schaffe ich das nicht.»

Die Götter wissen, woher sie ihre Informationen hatte.

Innerhalb einer Stunde leerte sie zwei Flaschen Wein, sie weinte und jammerte. Zu allem Übel wollte sie mich auch noch verführen.

Ich riet ihr, sie solle augenblicklich aufhören mit der Prostitution, es sei noch nicht zu spät, und komplimentierte sie hinaus.

Sie nahm mir mein Verhalten und meine Einstellung sehr übel. Aus Rache drohte sie zwei von Amandas Freiern, es den Ehefrauen zu stecken. Wie war sie an die Namen gekommen? Amanda war die Diskretion in Person, führte keine Agenda und ließ regelmäßig alle Notizen verschwinden. Zudem änderte sie immer wieder ihr Äußeres. Einmal ganz in Schwarz, dann für ein paar Monate in Giftgrün, mit roten Haaren . . . Stets fiel sie aber in den klassischen Stil zurück — der am besten zu ihr paßte und ihr einen Garbo-Touch verlieh.

Elsa rief sogar meine Mutter an und fragte sie heimtückisch, ob sie eigentlich wisse, daß ihre Tochter anschaffen gehe. Meine Mutter muß unter den Zweifeln sehr gelitten haben. Gefragt hat sie mich aber nie.

Später vernahm ich, Elsa sei die elterliche Gewalt entzogen worden, da sie als Alkoholikerin zur Erziehung ihrer Kinder nicht mehr in der Lage gewesen sei.

Zur Feier von Amandas Schuldenfreiheit fuhren wir in ihrem neuen Auto nach Nizza, in Rekordzeit. Wir bummelten durch die Gassen, Amanda kaufte nach Herzenslust ein. Wir besuchten ihre Beinahe-Schwiegermutter, die in einer ärmlichen Mietskaserne wohnte. Amanda überhäufte sie mit luxuriösen Geschenken und mit Geld, und so vernahm der Ex-Verlobte, der ihr so weh getan hatte, ganz nebenbei, daß es ihr blendend ging. Sollte der sich ein paar Gedanken machen.

Ich fand, es sei allmählich an der Zeit, Amanda an ihr Versprechen zu erinnern.

«Ja, du hast ja recht. Aber jetzt läuft doch alles so gut, ich möchte mir nur noch eine Reserve anlegen, eine kleine Sicherheit. Ich habe furchtbare Angst, noch einmal in eine so ekelhafte Lage zu geraten. Wieder von allen abhängig zu sein, das würde ich nicht verkraften. Ehrlich, ich höre auf, sobald ich die Reserve beisammen habe.»

Ich mußte ihr recht geben.

Sie überhäufte auch mich mit Kleidern und Schuhen. Protestieren fruchtete nichts.

«Ich weiß ja, Sophie, daß du ein Hippie bleiben willst, kannst du auch, ich laß dich schon, aber auch ein Hippie kann gepflegt aussehen. Schließlich putzt du dir auch die Zähne. Und außerdem, so schlampig gefällst du mir nicht mehr.»

Was wollte ich da noch sagen?

Die Tage und die Nächte in Nizza gehörten uns. Ein Fest der Liebe, der Zärtlichkeit und der Erotik — Sex hatte sie ja mehr als genug, ich hielt mich zurück.

Was sie brauchte, war Trost. Oft weinte sie im Schlaf. Obwohl ich

den Grund nur zu gut kannte, fragte ich sie, wenn sie aufwachte:
«Was quält dich so, Liebes?»

«Nichts, ich muß ab und zu weinen, dann geht's mir wieder gut.
Es ist wie eine seelische Dusche. Manchmal bin ich nur traurig. Was
bin ich denn? Eine schlichte Hure . . .»

«Scht, du wirst damit aufhören. Bald. Und dieses Wort will ich
nie mehr hören — es paßt nicht zu dir. Du bist eine ganz besondere
Frau, du bist wunderschön, faszinierend und liebevoll. Du gibst den
Männern viel mehr, als sie jemals mit Geld bezahlen könnten. Deine ‹Liebhaber› sparen sich den Arzt und den Psychiater; du gibst
ihnen die besten Tips — und ihre Gattinen werden höchstens zu-
friedener und glücklicher . . .»

Ihre Ratschläge! Fabrizierte einer ihrer «Liebhaber» innerhalb
von fünf Minuten einen Orgasmus, ohne Vorspiel, ohne Nachspiel,
so machte sie ihm klar, seine Ehe müsse ja zum Scheitern verurteilt
sein.

Von der ersten Reserve kaufte Amanda sich eine Vierzimmer-Atti-
kawohnung. «Mein» altes Chagall-Appartement wurde in Blitzesei-
le umgestrichen und gekündigt.

Nun konnte die Kundschaft zu Hause empfangen werden.

Heimlich brachten wir, in der Nacht, den eisernen Tisch und die
beiden Stühle zurück vors Gartencafé. Sie sahen neben den anderen
Möbeln wie frisch gestrichen aus; Amanda hatte sie regelmäßig im
Bad geschrubbt — was sie auch mit all ihren «Liebhabern» tat.

Die Besuche bei Wilhelmina warem am lukrativsten. Damals war
bei Wilhelmina eine Schweizerin, die in Südfrankreich mit einem
Zigeuner-«Baron» verheiratet war, für einige Monate in Diensten.
Ihrem Zigeuner-Ehemann erzählte die junge, temperamentvolle
Frau, sie gehe als Sekretärin arbeiten. Er war nicht nur verarmt,
sondern auch gefährlich eifersüchtig. Hätte er die Wahrheit erfahren, er hätte sie zweifellos umgebracht. Allerdings muß er den Ein-
druck bekommen haben, daß Sekretärinnen in der Schweiz beson-

ders gut bezahlt werden — jedesmal kehrte die Frau mit gut zwanzigtausend Franken zu ihm zurück.

Wilhelminas Männer hatten oft zwei Frauen gleichzeitig. Der Traum eines jeden Mannes — eine schwarzgelockte Zigeunerin und eine unnahbare, kühle, blonde Schönheit im Bett. Beide da nur für ihn und für seinen Penis. Großartig!

Und ich, ob ich eifersüchtig war? Zugegeben, es tat mir weh, doch Amanda überzeugte mich, das sei alles rein professionell — sonst wäre sie doch mit der Zigeunerin nach Südfrankreich durchgebrannt . . .

Viel einzuwenden hatte ich nicht gegen diese Methoden von Wilhelmina. Ihr Spezialangebot aber stieß mich ab. Sie vermittelte nämlich den Herren aus den höheren Kreisen jungfräuliche Mädchen.

Die Nachfrage war groß.

So begab sich Wilhelmina jeweils am Mittwoch- und am Samstagnachmittag, die Kinder hatten schulfrei, in die teuren Boutiquen. Schnell sah sie, welches Teenager-Mädchen träumend vor einem unbezahlbaren Kleid stand. Das keusche junge Ding war schnell überzeugt — es wäre ja so einfach, und schon könnte es sich diesen Luxus auch leisten. Augen zu, und in fünf Minuten sei alles vorbei. Und diese Jacke da und jene Handtasche dort lägen auch noch drin . . .

Absolut miese Geschäfte. Ich hoffte, daß einer dieser «höheren» Herren bei Wilhelmina zufällig mal seiner Tochter in die Arme laufen möge — doch so etwas passiert nur in Romanen. Besagte Töchter wachsen in gutem Hause auf, beschützt und umhegt, ihre Bildung bekommen sie in teuren Internaten, und Kleider haben sie im Überfluß. Der Durchschnittsbürger, der Mann aus der arbeitenden Klasse brachte es nicht zu einem Besuch bei Wilhelmina — höchstens seine Tochter.

«Ich würde, wenn ich du wäre, nicht mehr zu Wilhelmina gehen.»

Amanda war mit mir einig. Sie fand das genauso schrecklich — doch es wäre nicht zu verhindern . . .

Und sie erklärte, wieder ganz meine grandiose Amanda: «Versteh doch. Wenn ich nicht hingehe, müssen nur weitere Jungfrauen dranglauben. Ich bin zwar nicht mehr sooo jung, aber wenn die Beleuchtung stimmt . . . Und bei meiner Figur, ich sehe ja immer noch richtig androgyn aus, wie du mir mal erklärt hast. Ich kann denen doch etwas vorspielen. Eigentlich ist es eine gute Tat . . .»

Ab und zu wurde Amanda, durch Wilhelminas Vermittlung, von einer Luxus-Karosse mit Chauffeur abgeholt. Der verband ihr die Augen, und sie wußte nicht, an welchem Ort und in welcher Villa sie welche bekannte Persönlichkeit treffen und «lieben» sollte. Wahrscheinlich tummelte sich die Gattin des betreffenden Herrn mit ihrer Freundin gerade an der Côte d'Azur.

Ein bekannter, enorm reicher Mann, der regelmäßig Gast war bei Wilhelmina, hatte ein starkes Problem: Er war konstant in sexueller Erregung. Das war nicht mehr schön, das war krankhaft. Er mußte stundenlang bumsen. Er wurde drei Stunden lang von einer Frau bedient, gleich anschließend von der nächsten. Auch nach zwölf Stunden gelangte er nur mit Mühe zum Höhepunkt. Ein solcher Tag kam ihn auf hübsche zwölftausend Franken zu stehen. Amanda hatte den Ehrgeiz entwickelt, ihn am längsten auszuhalten, doch seufzend meinte sie:

«So einen Mann kann man trotz all seinem Reichtum beim besten Willen nicht heiraten. Gräßlich! Und doch traurig . . .»

Und dieser Mann war zudem wirklich liebenswürdig und charmant und sah erst noch gut aus.

Ein anderer «Gast» liebte nichts mehr, als sich in einer Badewanne voller Eiercognac oder Pfefferminzlikör verwöhnen zu lassen. Je nach dem Datum — an den geraden Tagen Eiercognac, Pfefferminzlikör an den ungeraden. Und durfte er den Kopf eines Mädchens für dreißig Sekunden in die Sauce drücken, spendierte er einen Tausender extra.

«Sag mal, Amanda, fühlst du dich bei solchen Sachen nicht erniedrigt?»

«Hm, eigentlich nicht. Wenn ich nach Hause komme, lege ich mich ein paar Stunden in die Wanne, dann bin ich auch innerlich wieder frisch. Das sind doch reine Äußerlichkeiten, das geht alles wieder ab. Aber täusch dich trotzdem nicht, es ist nicht ganz so einfach . . .»

Nach solchen geheimnisvollen Sätzen verengten sich jeweils ihre großen Augen zu schmalen Schlitzen. Was dachte sie wirklich? Ich kam nicht dahinter.

Eines Sonntagmorgens, wir frühstückten im Bett, zeigte Amanda, während sie genüßlich an ihrem Brötchen kaute, mit dem Finger auf den Fernseher. Wir sahen uns manchmal den politischen Frühschoppen an.

«Sophie, sieh mal den dort links — das ist der mit den Spitzenstrümpfen und meiner Unterwäsche. Wenn er sich umgezogen hat, tanzt er immer wie die M.M. vor mir rum.»

Damit war der Fall für sie erledigt, und sie holte sich in der Küche noch ein Brötchen. Ich war baff: Sowas hatte das Sagen, sowas regierte das Volk!

1992 *Mitte Mai*

Einige Tage später wieder ein Anruf aus der Schweiz. Ein Wirtschaftsjournalist aus Z. Er teilt mir mit, die Hochzeit sei im letzten Augenblick abgesagt worden. Der Großindustrielle sei an Informationen gekommen, aufgrund deren er sich zu diesem Schritt veranlaßt gesehen habe. Die Wirtschaft stehe kopf, die Börsenkurse schwankten; welche Rolle die Sekte spiele, sei noch immer ungeklärt.

Von Amanda selber habe ich nichts gehört. Sonderbar, sie hätte doch wissen müssen, was ich alles in Händen habe. Ich will sie ja gar nicht erpressen, fällt mir nicht ein, ich will sie höchstens an ihre Versprechen erinnern. Wir könnten's ja gut gebrauchen . . .

Der nächste Anruf. Ein Journalist von der Boulevard-Presse bittet mich, ich möge ihm ein paar Porträts von A. Kellermann schicken. Selbstverständlich würden diese nur mit meiner ausdrücklichen Zustimmung veröffentlicht!

Ich schicke sie — unter diesem Vorbehalt — an die Chefredaktion.

Von Amanda — ich habe ihr ein weiteres Telegramm geschickt — keine Reaktion. Hat die Organisation ihre Post unterschlagen?

Da klingelt in der Nacht das Telefon. Eine hohe, aber eindeutig männliche Stimme haucht auf hochdeutsch süßlich in den Hörer:

«Denken Sie fest an ihr Kind, bevor Sie irgend etwas rausgeben . . .»

Der Mann legt auf. Ich zittere vor Wut! Von der Zeitung «Wirtschaft und Soziales Morgen» habe ich telefonisch die Aufforderung erhalten, das ganze Fotomaterial an eine Postfachadresse in Bern zu senden, danach werde man mir den großen Scheck zukommen lassen. Nichts als eine schäbige Falle . . .

Der seriöse Wirtschaftsjournalist aus Z. sagt mir, da könne etwas nicht stimmen.

Ich bitte die Boulevardpresse eindringlich, die Porträts noch nicht zu veröffentlichen. Und meinen Sohn bringe ich fürs erste bei guten Nachbarn unter. Der Chefreporter verspricht, sein Möglichstes zu tun, und er tut es auch. Doch sein Einfluß auf die Geschäftsleitung ist minim. Er klärt mich weiter auf:

«Wir haben Informationen über die Kellermann, die sind einiges weniger positiv und nett als die Ihren. Es heißt, Amanda K. sei nichts anderes als eine kleine, billige Nutte, schon immer äußerst geldgierig . . . Und wenn sie das Wort Geld nur höre, dann werde sie naß zwischen den Beinen — aber nur dann.»

Sie verfügten noch über ganz anderen Stoff aus dem Milieu. Das Positive, das höre man einzig und allein von mir.

Ich kann ja von früher auch nur Positives erzählen. Daß man sie so durch den Schmutz zieht, eine wahre Schlammschlacht veranstaltet, tut mir immer noch weh.

Aber sie hätte sich wenigstens melden können.

Der Artikel, illustriert mit den schönsten Porträts von ihr, erscheint — bunt gemischt mit Aussagen von anderen. Und die sind oberflächlich, allgemein, von überall her zusammengetragen. Immerhin ist das Allerbilligste verhindert, vorläufig.

Der Boulevardjournalist fliegt eine Woche später für ein Interview zu mir nach Auhdam. Für dieses Interview und für ein paar Aktfotos bekomme ich eine ziemlich kleine Summe — das Thema sei ja nun nicht mehr aktuell, nach der abgeblasenen Hochzeit. Meine effektiven Aussagen erscheinen nicht.

Ich entschließe mich zu diesem Bericht, denn die nächtlichen anonymen Drohtelefonate hören nicht auf. Ich will endlich die Wahrheit — eine subjektive, aber immerhin meine und die annähernd realistische Wahrheit — loswerden.

Es paßt schlicht und einfach nicht zu «meiner» Amanda, daß ich nun, seit es ihr goldig geht, Dreck geworden sein soll für sie — wie es ihr selber dreckig gegangen ist, bin ich Gold wert gewesen. Viellicht ist das nichts als menschlich. Daß dies alles aber unter dem Deckmäntelchen biblischer, göttlicher Liebe geschieht, macht mich fuchsteufelswild — Liebe und Niedertracht, und du kannst das eine nicht mehr vom anderen unterscheiden. Bölls «verlorene Ehre der Katharina Blum» kommt mir mehr als einmal in den Sinn.

Ich bin nervös, aufgeregt, so vieles ist mir ein Rätsel. Eines aber ist klar. Amanda selber kann doch nicht die Ursache von schwankenden Börsenkursen sein. Sie ist wohl intelligent, aber von solchen Geschäften hat sie keine Ahnung, und die paar wenigen Manager-Schnellbleichen, die sie einmal besucht hat, die reichen für solche Milliarden-Transaktionen nicht aus. Amanda kann nicht wirken ohne «Führung»; ich befürchte immer mehr, daß da ganz andere Mächte — und alles andere als «göttliche» — die Fäden in den Händen halten. Daß Amanda ein Opfer, eine Marionette dieser YOU-ARE-Organisation oder einer, die sich in Amerika dafür ausgibt, geworden ist!

1974 Amanda, Fortsetzung

O la la, ein Volksvertreter in Spitzenstrümpfen!

Die Herren Politiker und Journalisten diskutierten weiter profund über die Frage: *Bleibt die Ruhe im Nahen Osten, oder ist sie trügerisch?*

Ich aber sah den Herrn mit Krawatte in Amandas Lingerie hier herumhopsen. Wie erbärmlich und traurig! Dem Ärmsten gelang es nur so, sich Erleichterung zu verschaffen.

Die Weltlage in Dauerhochspannung, und er — er wäre wohl lieber ein Mädchen gewesen, kindlich und zart, ohne diesen enormen Druck der Verantwortung auf den Schultern.

Auf dem Bildschirm — wenigstens dort — wirkte er sooo männlich! Ich verstand seine Probleme.

1974 »Oh Lord, buy me a Mercedes Benz»

Am Abend sahen wir uns im Kino einen Streifen über Janis Joplins Leben an, das ein so tragisches Ende gefunden hatte. Drogen . . .

Amanda fand Janis' Musik fantastisch; ich ließ mich ebenfalls anstecken. Ich kaufte ihr die Musikkassette; die lief fortan auf vielen unserer langen Autoausfahrten, vor allem das Lied «Oh Lord, buy me a Mercedes Benz» tönt mir noch heute in den Ohren.

Nach der Vorstellung gingen wir heim, jede in die eigene Wohnung — so dachte ich wenigstens. Als ich Amanda am anderen Tag anrief und mich erkundigte, ob sie sicher nach Hause gekommen sei, sagte sie:

«Oh, ich bin noch lange nicht heimgegangen. Bin noch mit einem älteren Mann in ein Hotel . . .»

«Aber hast du das denn nötig? Du hast mir doch versprochen . . .»

«Ja, ja. Laß mich doch ausreden. Es ist gar nicht so, wie du denkst. Irgendwie hatte ich Mitleid mit ihm — ich habe ‹es› gratis getan. Weißt du, er hat mich an meinen Vater erinnert, er hat mich so schüchtern und auch bewundernd angesehen, und ich habe gedacht, der hat bestimmt schon Jahre nichts Schönes mehr erlebt. Sicher hat er eine fürchterliche Frau, die ihn abweist. Darum bin ich mit ihm gegangen . . .»

«Manchmal bist du noch weicher, als du hart sein kannst. Du bist extrem, immer. — Ich versteh dich schon . . .»

«Ich extrem? Nein, da täuschst du dich. Ich bin immer gleich . . . langweilig.»

Ich lachte heraus:

«Aber daß du ihn mir nicht noch aus lauter Mitleid heiratest!»

«Keine Angst. Heiraten tu ich höchstens einen reichen Mann, und den auch nur, wenn ich ihn wirklich fest lieb habe! Ob's das wohl gibt für mich — beides miteinander?»

«Ich glaube schon. Du brauchst nur ein wenig Geduld.»

«Und die habe ich doch, oder nicht? — Wir könnten ja in der Zwischenzeit verreisen, an die Sonne. Ich möchte über Weihnachten nicht hier in der Kälte hocken. Die Sonne fehlt mir noch viel mehr als die Liebe.»

Trotz der gespannten politischen Lage buchten wir eine Reise nach Israel. Wir brauchten beide Erholung, und Amanda lechzte nach Sonne. Mich reizte Israel aus anderen Gründen. Jerusalem . . .

1974/75   Abenteuer Israel

Schon am Flughafen die ersten Verzögerungen. Die Kontrolle war enorm streng. Ich raste vor Wut — die Zollbeamten rissen alle Päckchen, die ich für Amanda sorgfältig eingewickelt hatte, achtlos auf, sie versprühten Parfums und Deos, drückten die Zahnpasta aus allen Tuben. Noch ekliger war die Körperkontrolle. Als wir endlich, mit fünf Stunden Verspätung, an Bord begrüßt wurden, wäre ich am liebsten wieder ausgestiegen. *Meine Damen und Herren, entschuldigen Sie bitte die Umstände, aber Sie haben die große Ehre, mit dem israelischen Außenminister Abba Eban mitzufliegen.* Die Ehre! fauchte ich zu Amanda hinüber. Und die Sicherheit? Uns fragte man natürlich nicht, ob wir das Risiko eingehen wollten. Amanda lachte und beruhigte mich.

Die Tortur nahm ihren Lauf. Ich hatte von einem Arzt erfahren, meine Gehörgänge und die Kanäle zur Nase hin seien zu eng — ein zwar unsichtbarer Geburtsfehler, aber falls ich geschäftlich wöchentlich fliegen müßte, so hätte ich das dringend operieren zu lassen. Ansonsten müsse ich die Schmerzen beim Fliegen — einmal im Jahr! — eben aushalten. Es war schrecklich. Aber Amanda tröstete mich ohne Unterlaß. Sie hielt mich im Arm, streichelte mir die Hände. Sie erklärte den Stewardessen, worum es ging, denn die stierten uns zwei irritiert und blöd an. Was für zwei lesbische Hühner, schienen sie zu denken. Amanda scherte sich keinen Deut darum; auch nach der Landung ließ sie mich nicht los.

Umsteigen in Tel Aviv . . . In eine alte Klappermaschine, der beinahe die Türen wegflogen.

Endlich landeten wir am Roten Meer. Amanda sagte zwar nichts mehr, doch ihre Miene sprach Bände. Weder das Hotel noch der Strand gefiel ihr. Zum guten Glück nahm uns zwei Tage später ein Hotelgast mit; er brachte uns an einen wunderschönen verlassenen Strand. Es war wie im Film. Warm, traumhaft, keine Menschenseele weit und breit. Da beruhigte sich Amandas Gemüt.

Sie stand nackt am Wasser. Ich betrachtete sie. Das Geheimnis ihres Erfolges lag nicht nur in ihrem Gesicht mit den Smaragdaugen. Nein, in Kleidern wirkte sie mager und zerbrechlich, doch zog sie diese aus, so kam ein schlanker Körper zum Vorschein, mit perfekten Proportionen, der bronzen glänzte in der Sonne; das kurze, blonde Haar wirkte wie aus Gold. Feine, guttrainierte Muskeln ließen sie stark aussehen. Lange, schlanke Beine, ein runder Hintern, wie man ihn sonst nur bei schönen Farbigen sieht. Ihre kleinen, großartig geformten Brüste streckten sich der Sonne entgegen . . .

Amanda machte ihre Fitneßübungen. Das Meer lockte. Sie sprang ins Wasser, um sich abzukühlen. Ich selber hatte dazu keine Lust und begann zu lesen. Ich hatte ein Buch mitgenommen, das mich brennend interessierte: «Sexualität in der heutigen Gesellschaft». Bald war mir die ganze Abhandlung zu theoretisch, und ich versank in Gedanken. Ich dachte nach über Amandas praktische Erfahrungen; die waren viel aufschlußreicher. Die Männer! Die meisten wünschen sich vor allem, daß ihnen eine Frau hingebungsvoll den Penis lutscht und sie mit dem Schmetterlingszungenschlag zum Orgasmus bringt. In ihrer grenzenlosen Unbeherrschtheit drücken sie fordernd den Kopf einer Frau in ihren Schoß und erwarten dringend vorzeitigen Hochgenuß. Sie haben nicht die Geduld, die Frau in eine Stimmung leidenschaftlicher Lust zu versetzen, sie zu streicheln, von Kopf bis Fuß, langsam, selber genießend, die Klitoris zu liebkosen und rhythmisch mal mit feinerem, mal mit stärkerem Zungenstreicheln zu stimulieren. Männer wollen stark sein, ein paar kräftige Bumsstöße reichen aus, denken sie, und glücklich ist die Frau. Ok, auch das — aber alles zu seiner Zeit. Es ist eine Kunst, innezuhalten im richtigen Augenblick, in die Stille hineinzusinken. Horcht der Mann auf den Körper und die Seele seiner Partnerin, führt er sie in höhere und höhere Wellen der Lust, und ganz von alleine kommt die Frau ihm näher, nicht gezwungen, ohne daß sie eine Rolle spielen, ohne daß sie einen Beweis ihrer Liebe erbringen müßte — wie die 69er-Stellung, die so begehrte. Befindet sich da die Frau nicht selber in Ekstase, findet sie es nur abstoßend.

Und so enden viele leidenschaftlich begonnenen Beziehungen, weil die Männer drängen und nicht hören, in der tausendfach erprobten und bis zum Überdruß wiederholten alltäglichen Missionarsstellung — die mag zwar für ein bißchen Lust genügen, aber die Grenzen der Ekstase überschreitet niemand damit.

Somit «kaufen» sich die Männer ihren höchsten Hochgenuß. Es ist so einfach und so bequem: Eine Frau, die man bezahlt, muß überzeugend und souverän sein in allen Stellungen, eine Meisterin ihres Fachs, und sie darf weder liebevolle Vorspiele noch Nachspiele erwarten. Außerdem wird sie meist auch froh sein, wenn sie nicht allzuoft berührt wird.

Die eigene Partnerin aber hat verborgene Träume und Wünsche. Doch wie bringt sie die «an den Mann»? Traut sie sich überhaupt? Befürchtet sie nicht eher, ihr Mann werde kopfscheu oder verachte sie — betrachte sie selber als Hure? Indische Geheimnisse wie das Tantra sind allen zugänglich. Aber erstens ist das indisch, und zweitens braucht es einen großen Aufwand, seelische wie geistige Aktivität und Regsamkeit. Wer hat dafür heute Zeit?

Ich wurde aus den Gedanken gerissen.

«Sophie, komm doch auch ins Wasser. Es ist warm und sauber. Auf dem Grund hat's ganz viele graue Felsen. Sie bewegen sich.»

Bewegliche Felsen! Das paßte zu Amanda.

Für alle Notfälle hatten wir ein Picknick mitgenommen: ein Fläschchen Wein, Sandwiches und für Amanda ein Dutzend Mohrenköpfe, die nun aussahen wie Mousse au Chocolat. Amanda lag nackt im Sand und genoß die Sonne; weil weit und breit kein Mensch zu sehen war, ließ ich mich überreden, zog mich ebenfalls aus und legte mich neben sie.

Ich hatte meine amerikanischen Zigaretten vergessen und rauchte von ihren starken französischen ohne Filter. Mir wurde beinahe schlecht — na ja, nicht schlechter als von gar keinen. Ich vertiefte mich von neuem in mein Buch.

Erst als ich Amanda mit harter Stimme rufen hörte, merkte ich, daß wir von Leuten umringt waren.

«Hallo, was gibt's da zu gaffen? Wollen die Herren nicht weitergehen?»

Sechs israelische Soldaten hatten uns umringt und starrten ziemlich lüstern auf unsere nackten Körper. Einer von ihnen musterte uns kalt und brutal und begann sich ungeniert auszuziehen. In ihrem fließenden Englisch gab ihm Amanda zu verstehen, daß wir nicht interessiert seien an Liebesspielen mit Männern. Dann sollten wir ihnen eine kleine Vorstellung geben, meinte er, sonst könne er für nichts garantieren — so, wie wir dalägen und uns ungeniert anböten.

Das hatte uns gefehlt. Wir sahen uns an.

Besser, eine Show abzuziehen, als von sechs Männern zugleich vergewaltigt zu werden.

Wir forderten sie auf, zehn Schritt zurückzutreten, und nahmen ihnen das Versprechen ab, nach der «Vorstellung» schleunigst abzuhauen.

Wir begannen uns vorsichtig im Sand zu rollen und einander zu liebkosen. Ich sah, daß Amanda die Soldaten mit ihren nun bösen und kalten Augen beobachtete, so schloß ich die meinen und überließ mich meinen Gefühlen; die Show sollte einigermaßen echt wirken — wir wollten ja, daß die Soldaten ihr Versprechen auch hielten.

Ich war keine besonders gute Schauspielerin, die Zuschauer störten mich mehr, als sie mich erregten. Amanda hatte da größere Übung, ich fühlte mich sicher mit ihr.

Als der brutale Kerl wieder näherkam, sein Körper war keineswegs beruhigt, fauchte ihn Amanda völlig kühl an:

«Ihr wißt ja, was mit Soldaten geschieht, die Frauen vergewaltigen! Ihr kommt vors Kriegsgericht! Wenn ihr's tun wollt, bitte. Aber dann müßt ihr uns erschießen! — Und meint ihr, ihr kommt davon? Meine Freundin ist in Europa berühmt; man wird nicht lockerlassen, bis man euch erwischt. Und das könnt ihr nicht den Palästinensern in die Schuhe schieben . . .»

Amandas wütende Worte wirkten. Die Kerle zogen ab. Einer drehte sich noch einmal um und rief:

«In der Bucht ist das Schwimmen streng verboten. Es wimmelt von Haifischen!» Großer Gott, die beweglichen Steine . . .

Wir hatten genug von der Sonne und vom «menschenleeren» Strand. Wir zogen ab und stellten uns an den Straßenrand, um Autostopp zu machen.

Zahllose Autos fuhren vorbei. Da sagte Amanda:

«Schau mal, dort hinten kommt ein Range Rover. Der nimmt uns bestimmt mit.»

Sie hatte wieder einmal recht.

Der Fahrer, ein älterer Mann mit dunkler Sonnenbrille, ließ uns hinten einsteigen. Er bestätigte uns, daß es Hunderte von Haien in der Bucht habe. Von den Soldaten erzählten wir ihm nichts. Er fragte uns, woher wir kämen, und als er von Amanda erfahren hatte, wir seien Schweizerinnen, meinte er:

«Bestimmt kommt ihr aus der französischen Schweiz.»

Wir lachten und verneinten.

Aber er habe uns doch erwartet, sagte er mysteriös. Wir schauten einander fragend an. Er fuhr fort und wechselte vom Englischen ins Französische.

«Ich bin vor einigen Wochen bei einer berühmten Wahrsagerin in Tel Aviv gewesen, sie hat mir prophezeit, ich würde eine Frau aus der Schweiz treffen, und die helfe mir ein Rätsel aus meiner Vergangenheit lösen.»

Äußerst mysteriös. Was uns doch alles passierte!

Wir erreichten unser Hotel. Er verabschiedete sich und sagte höflich, aber bestimmt:

«Ich werde Sie heute abend um neun vor dem Hotel erwarten.»

Weg war er.

Wir waren so perplex, daß wir weder zu- noch absagen konnten.

«Wir brauchen doch nicht hinzugehen, oder?»

«Sophie, ich gehe allein. Ich muß gehen! Der Mann kommt mir irgendwie bekannt vor; ich traue ihm zwar nicht, und doch . . .»

Nach dem Dinner gab sie mir ihren Paß und ihr Geld.

«Wenn ich morgen um zwei nicht zurück bin, dann geh zur Polizei.»

«Es wäre doch sicherer, wenn ich mitkäme!»

«Nein, bleib du hier. Stell dir vor, wir würden alle beide verschwinden . . .»

«Aber dann geh doch auch nicht, Amanda, wenn du ein ungutes Gefühl hast.»

«Nein. Ich muß!»

Ich setzte mich in die Hotelbar; sie war fast leer. Der Pianist spielte hervorragend. Ich strahlte ihn an, aber eigentlich nur wegen seines Klavierspiels.

In der Pause kam er zu mir und lud mich ein zu einer Spazierfahrt. Ich müsse hier auf meine Freundin warten, behauptete ich. Als er mir erklärte, er müsse in spätestens einer Stunde, nach seiner Pause, weiterspielen, ließ ich mich dennoch überreden. Es war ja erst halb zehn. Das Sitzen und das Warten machten mich nur nervös.

Auf der Fahrt sagte er kein Wort. Sorglos genoß ich die mir fremde Wüstenlandschaft; alles war in rötliches Licht getaucht, der Sand wie der Himmel. Mitten in dieser idyllischen Einsamkeit stoppte er den Wagen und sagte, ich solle mir hier, auf diesem

Stück herrlichen Landes, ein wenig die Füße vertreten, er müsse etwas an seinem Motor kontrollieren.

Sagte er die Wahrheit — oder war's nur ein neuer Männertrick? Ich spazierte herum, ab und zu schaute ich hinüber zum Pianisten, der mir lächelnd zuwinkte. Als ich wieder bei ihm war, fiel er vor mir auf die Knie. Er schluchzte laut:

«Du bist die Retterin Israels! Ich habe schon viele Frauen hierher gebracht . . . Sie sind alle in die Luft geflogen. Das da ist nämlich ein Minenfeld.»

Ich brachte kein Wort heraus vor Schreck.

«Gott hat mir den Auftrag erteilt, es so zu tun, und mir erklärt, die Frau, die nicht auf eine Mine trete, wisse die Lösung für Israels Probleme.»

Nun endlich gelang es mir, ihn anzuschreien.

«Du bringst mich augenblicklich zum Hotel zurück!»

Wortlos gehorchte er.

In was für ein Land der Irren und der Wahnsinnigen waren wir geraten? War hier auch nur einer normal? Zugegeben, in der Luft lag eine sonderbare, knisternde Spannung, die Atmosphäre schien elektrisch geladen zu sein, unerklärliche Schwingungen . . . Aber nun ging's mir zu weit.

Im Hotel lief er wie ein Hündchen hinter mir her; in der Bar fragte er mich treuherzig, was ich wünsche.

«Sie haben doch Ihre Golda Meir, reicht Ihnen die nicht? Hören Sie auf, unschuldige Frauen in die Luft zu sprengen; so finden Sie die Lösung nicht.»

Ich ließ ihn stehen. Er verzog sich ohne ein Wort an sein Klavier.

Um Mitternacht kehrte Amanda zurück, völlig verstört.

«Aaron, so heißt dieser Mann, hat mir eine unglaubliche Geschichte erzählt. Seine Frau ist an dem Tag gestorben, an dem ich geboren bin. — Verstehst du?» Sie schwieg. Ich sagte nein.

«Sie ist nämlich gestorben bei der Geburt seines Sohnes. Der Sohn lebt; er ist jetzt im Militär.»

Sie schwieg wieder.

«Ja, und? War er etwa heute mittag am Strand dabei?»

«Das ist überhaupt nicht witzig. Aaron mußte sich damals entscheiden. Entweder überlebte die Frau oder das Kind. Und er hat die Ärzte bearbeitet — schließlich war es ein Sohn. So eine Gemeinheit. Ich bin wütend!»

«Jetzt halt mal die Luft an. Warum bist du wütend?»

«Ich wußte doch, daß ich ihn schon einmal gesehen haben muß. Und die Wahrsagerin hat ihm prophezeit, er werde seine Frau wiederfinden, in einer anderen.»

Mir wurde leicht mulmig.

«Und diese bleibe für immer bei ihm! Seine Frau war Französin, sie liebte die Hitze und den Luxus. Am liebsten lief sie nackt im Haus umher. Merkst du nichts?»

«Tatsächlich.»

«Das Dickste kommt noch. Er hat mir die Fotos dieser Frau gezeigt. Es war eigenartig — ich habe meine eigenen Augen im Gesicht einer fremden Frau gesehen.»

Die Merkwürdigkeiten häuften sich.

«Ich will aber doch nicht bei ihm bleiben, Sophie! Ich hasse ihn, ja ich hasse diesen Menschen. Du mußt mir helfen, damit diese Wahrsagerin nicht recht behält. Bring mich weg von hier, bitte.»

Sie begann zu weinen.

«Aber natürlich, mach dir keine Sorgen.»

Sie schmiegte sich an mich, ließ mich die ganze Nacht nicht los. Als ich am Morgen erwachte, lag sie zusammengerollt auf mir, wie eine zahm gewordene Wildkatze.

Nach dem Frühstück wartete der Range Rover bereits vor der Tür. Ich schlug Amanda vor:

«Komm, machen wir gute Miene zum bösen Spiel. Tu du so, als fändest du seine Idee gut. Wir werden dann schon weitersehen. Nur ruhig.»

Er bat uns, mit ihm seine Schwester zu besuchen. Sie habe Kuchen für uns gebacken und einen ganz besonderen Tee gekocht. Freudestrahlend sagte ich zu. Eine alte Dame öffnete die Tür. Wie sie Amanda erblickte, fiel sie fast in Ohnmacht.

Den Tee schenkte sie mit zitternden Händen ein. Sie reichte uns in einer goldenen Schale eigenartiges Gebäck, das leicht bitter schmeckte. Es behagte mir. Ich trank Tee, knabberte Gebäck. Die Dame ließ den Blick nicht von Amanda. Dann starrte sie mich an; ich lächelte ihr ermunternd zu. Aaron redete hebräisch auf sie ein. Plötzlich schoß sie von ihrem Sessel auf und lief zum Sekretär, der in der hinteren Ecke des Wohnzimmers stand. Aus der Schublade holte sie einen Bilderrahmen; sie drückte ihn mir kommentarlos in die Hand.

Nun war ich sprachlos. Diese smaragdgrünen, ausdrucksstarken Augen gab es nur einmal — hatte ich gedacht.

Nach dem langen Besuch brachte uns Aaron bis vor das Hotel, er verabschiedete sich von uns und sagte, er werde am nächsten Morgen um neun wieder auf uns warten. Ich erklärte ihm höflich, aber bestimmt:

«Das ist sehr nett von Ihnen, Aaron, aber wir würden gerne lang schlafen und dann zusammen allein schwimmen gehen. Holen Sie uns doch am Abend ab, um neun, zu einem Bummel.»

Freudig willigte er ein.

Amanda funkelte mich an.

«Wie kannst du dich nur wieder mit dem Kerl verabreden. Ich fürchte mich vor ihm. Die ganze Situation ist mir unheimlich. Das ist alles völlig grotesk. Versprich mir, daß du mich von hier wegbringst. Ich weiß, du hast die nötigen Kräfte dazu. Er hat gesagt, es sei meine Pflicht, bei ihm zu bleiben. Aber ich mag ihn nicht! Und ob ich unseren Sohn sehen wolle. Absurd ist das. Stell dir vor, der ist ja genau so alt wie ich. Nein, ich will, daß dieser Spuk aufhört. Warum mußtest du nur wieder ein Rendezvous abmachen?»

«Beruhige dich doch. Morgen früh gehen wir zu unserer Reiseorganisation und lassen den Flug von hier vorverschieben. Und morgen abend sind wir schon in Tel Aviv. Dort werden wir uns noch ein paar schöne Tage machen, bis wir nach Z. zurückkehren müssen. In Ordnung?»

Sie fiel mir um den Hals.

«Was würde ich nur ohne dich anfangen in meinem Leben. Du findest immer eine Lösung.»

Am Abend schlief sie friedlich und ruhig ein; sogar im Schlaf streichelte sie mich noch mit ihren zärtlichen Händen.

Sie lächelte und seufzte wohlig, als sie spürte, wie ich sie an mich zog. Verletzliches, geheimnisvolles Wesen . . . Ich hatte sie lieb.

Unser Flug nach Tel Aviv war für den nächsten Tag gebucht, um vier am Nachmittag sollten wir abfliegen. Gegen drei packten wir unsere Sachen. Gegen halb vier fing Amanda fürchterlich zu gähnen an. Ich bekam einen Lachkrampf, so hatte ich sie noch nie gesehen. Sonst immer voller Energie, ständig tatendurstig, gierig nach Erlebnissen — und nun läßt sie sich aufs Bett fallen und schläft nach wenigen Sekunden tief wie eine Tote.

Ich schüttelte und rüttelte sie. Keine Reaktion. Ich fuhr sie an.

«Ich dachte, du willst so schnell wie möglich weg von hier. Marsch, steh sofort auf!»

«Ach laß mich doch endlich in Ruhe», murmelte sie schlaftrunken.

Ich holte kaltes Wasser und schüttete es ihr übers Gesicht, dann knallte ich ihr eine auf die Wangen und schleppte sie mühsam hinunter. Vor dem Hotel stand ein Taxi — wie im Film, fantastisch.

Als wir am Flughafen anlangten, wurde bereits die Treppe eingezogen. Ich tobte wie eine Verrückte:

«Stoppen Sie das Ding, sofort. Sie braucht dringend eine Spenderniere. Es geht um Leben oder Tod.»

Erstaunt gehorchte mir die Bodenmannschaft.

Wir stürmten das Flugzeug. Geschafft. Mit Koffern, aus denen die Hälfte der Wäsche heraushing, saßen wir in der Kabine — und schon hoben wir ab. Diesmal ging's um einiges schneller als auf dem Hinflug. In Tel Aviv stiegen wir im Sheraton ab. Amanda machte sich frisch und meinte:

«Zeit, daß wir endlich etwas erleben.»

Nun lag ich ausgepumpt auf dem Bett.

«Machst du Witze? Ich gehe jetzt ins Bad und dann ab ins Körbchen.»

«Bitte, nur ein halbes Stündchen. Wir nehmen einen kleinen Drink in der Bar. Mir ist es so langweilig ohne dich. Und du mußt ja auf mich aufpassen! Nicht daß mich Aaron doch noch fängt.»

«Von mir aus, aber wirklich nicht länger. Dann würde ich aber lieber einen Abendbummel in der Stadt machen.»

Schöne Schaufenster hatten sie nicht gerade. Aber wir waren eben verwöhnt von unseren Einkaufsstraßen. Vor einem Schuhgeschäft blieb Amanda fasziniert stehen. Der Besitzer ließ die Rollläden herunter; Amanda machte ihm ein Zeichen mit den Augen, und die Läden hoben sich wieder. Er öffnete uns die Türe und bat uns einzutreten. Amanda probierte Modell um Modell. Sie fragte nach immer weiteren Schuhen; der Mann brachte sie. Sie strahlte ihn betörend an. Er bat sie in den Lagerraum.

Nach gut einer halben Stunde erschien Amanda wieder.

«Du mußt dir auch drei Paar aussuchen.»

Sie wurde leicht aggressiv, als mir nur wenige Modelle wirklich gefielen.

Schließlich verließen wir den Laden und seinen glücklichen Besitzer, beladen mit zehn Schuhschachteln.

«Sag mal, Mandy», es ärgerte sie, wenn ich sie so anredete, «kannst du's eigentlich nicht mehr lassen?»

«Och, sei doch nicht so puritanisch. Warum soll man nicht in Naturalien bezahlen? Gib's doch zu, das hat den guten Mann mehr gefreut als tausend Franken in bar von Frau Meier. Du bist viel zu streng. Das Leben ist doch so schön spannend und voller Überraschungen.»

«Aber auch gefährlich. Du solltest nicht mit dem Feuer spielen.

78

Kaum sind wir der einen Gefahr entronnen, stürzt du dich in die nächste. Ich will jetzt ins Hotel!»

Und schon ging's wieder los. Sie setzte all ihren Charme ein — und davon hatte sie eine ganze Menge. Nur einen kleinen Schlummertrunk. Nur ein halbes Stündchen.

Das halbe Stündchen verging, und der Kellner hatte uns noch nicht gesehen — oder besser, noch nicht beachtet. Amanda blitzte ihn böse an. Er blitzte zurück. Deutlich einer der Typen, die Amanda nicht ausstehen konnte.

Nun hatte ich tatsächlich Durst. Der Kerl sollte gefälligst seine Arbeit tun, wie es sich gehörte. Amanda forderte mich auf:

«Los, Sophie, hexe ein bißchen. Ich weiß, du kannst es!»

Ob ich's konnte oder nicht — der Ober sah mich jedenfalls an und ließ das Tablett fallen. Nichts war geschehen, er war nicht gestolpert. Also hatte ich gehext.

Amanda lachte triumphierend und lachte ihn aus.

Wir verließen als durstige Siegerinnen die Bar. Im Zimmer machten wir uns über den kleinen Kühlschrank her.

Amanda stand vor dem Zimmerspiegel und bürstete sich die Zähne. Ich beobachtete sie von meinem Bett aus. Sie sagte ganz sanft:

«Du solltest die Fähigkeiten, die du hast, ausnützen.»

«Oh nein. Entweder man wendet eine Fähigkeit positiv an, oder man läßt es bleiben. Sonst wird sie zum Bumerang.»

Sie lachte nur.

Der Spiegel bekam einen Sprung, noch einen, und das Zahnputzglas fiel ihr aus der Hand. Sie erschrak und warf sich mir in die Arme.

«Ich versprech' es dir. Ich verlange nie mehr so etwas von dir. Eigentlich habe ich es ja nur gut gemeint, es wäre doch so einfach und praktisch für dich.»

«Ist ja gut. Es würde uns auch gar kein Glück bringen, höchstens Geld.»

«Und da habe ich eine Freundin, die mehr kann als dieser Uri Geller . . .»

«Es ist mein Schicksal, daß ich das nicht vermarkten kann und darf — sonst hätte ich es doch schon lange getan, oder nicht?»

1975 Zurück in Z. / Alltag eines Supercallgirls

Wir nahmen ein Taxi am Flughafen. Amanda bat mich:
«Komm noch mit zu mir. Feiern wir das gute Ende unserer Reise. Ich freue mich auf mein Zuhause, aber ich kann nicht allein sein.»

Sie schloß die Wohnungstüre auf. Gedämpfte Tango-Musik, orangerotes Dämmerlicht, die Wände behängt mit romantischen Traumferienposters: knallige Sonnenuntergänge, Palmen und Liebespaare.

Amanda kreischte vor Wut.

«Ein unmöglicher Kerl, dieser Berthold. Ich gebe ihm den Auftrag, mir die Post und die Blumen zu besorgen, und was macht er aus meiner Wohnung? Ein Bordell! Ich kann diesen Kitschkram nicht ausstehen!»

Ich brach in schallendes Gelächter aus. Hatte schon viel Schlimmeres gesehen. Der gute Berthold hatte sie doch nur überraschen wollen. Was ihm auch auf der ganzen Linie gelungen war.

Sie stürzte ans Telefon.

«Du kommst sofort zu mir. In zehn Minuten bist du da.»

Dann riß sie, immer noch zornig, die Posters mit den Ferienidyllen von den Wänden, schraubte die orange Glühbirnen aus und weiße ein. Und schon stand Berthold vor der Türe, strahlend wie ein Maikäfer.

«Mandy! Ich hab' dich doch nur überraschen wollen.»

Wie ein Schuljunge sah er sie mit seinen blauen Unschuldsaugen an.

«Schon gut. Vielleicht verzeihe ich dir, eines Tages. Ein kühler Champagner hätte mich allerdings mehr gefreut!»

«Aber ich habe doch eine ganze Kiste im Auto.»

«Ach jaaa, im Autooo.»

Abrupt stand er auf.

«Soll ich ein paar Flaschen holen?»

«Und so einer behauptet, er liebe mich . . . Ja, Berthold, du darfst mir eine Flasche holen. Aber nackt! Wenn du mich wirklich so sehr liebst, ist das für dich ja kein Problem.»

Sein Gesicht werde ich mein Lebtag nicht vergessen.

Er versuchte zu lachen; es tönte wie das Blöken eines Schafes.

«Das ist doch nicht dein Ernst, Mandy! Sag, daß du nur Spaß machst.»

Mandy gähnte.

Ich mischte mich ein.

«Amanda hat völlig recht. Was ist denn schon dabei, schnell hinunterzurennen und eine Flasche zu holen. Früher haben sich die Männer duelliert unseretwegen. Ich mache sogar mit!»

«Du? Das glaubst du ja sel . . .»

«Warum denn nicht? Du kannst ja wetten. Komm, sei kein Frosch. Ich ziehe mich aus und begleite dich. Ich habe jetzt echt Durst.»

«Aber Sophie, Mandy, wir kriegen doch eine Erkältung — oder eine Lungenentzündung. Es ist mindestens zwanzig Grad unter Null!»

«Schon mal was von Antibiotika gehört?»

Für Sie, die Sie Berthold nicht kennen: Er war ein hochseriöser Bankdirektor, ein Gentleman vom Scheitel bis zur Sohle, hatte sich noch nie einen Fehltritt erlaubt, nicht einmal eine Parkbuße. Bis zu diesem Abend hatte ich ihn ausnahmslos in seinem tadellosen, dezent karierten Anzug gesehen, mit weißem Hemd und Krawatte.

Ich begann meine Kleider auf den Boden zu werfen. Linkisch machte er es mir nach.

«Amanda, die Schuhe aber lassen wir an. Es ist eisig kalt draußen.»

Er versuchte einen Rückzieher.

«Aber was, wenn man uns sieht?»

«Immer die anderen — was denken sie wohl, was meinen sie dazu, was sagen sie nur? Los, komm schon.»

Amanda schaute aus dem Fenster, als ich mit Berthold Arm in Arm, nur mit Schuhen bekleidet, die Straße entlangspazierte.

«Komm, Sophie, wir rennen.»

«Sicher nicht. Wir spazieren, schön gemütlich. Und kommt uns jemand entgegen, so sagst du höflich guten Abend, und ich schaue verwundert drein. Wir tun so, als seien die anderen nackt!»

Er lachte und meinte, das sei eine fabelhafte Idee.

Jedenfalls bekamen wir keine Schwierigkeiten, und nach weiteren hundert Metern langten wir bei Bertholds Auto an. Seine Hände zitterten. Das Schloß war leicht zugefroren. Endlich sprang der Kofferraumdeckel auf — ich fühlte mich mittlerweile wie tiefgekühlt. Wir packten je eine Flasche.

Amandas Fenster war geschlossen. Kein Licht. Das war zuviel des Guten. Berthold begann zu stottern.

«Aber das kann Mandy doch nicht machen. Wir holen uns den Tod.»

Wir läuteten Sturm.

Lachend öffnete sie das Fenster.

«Ich zähle bis drei. Wenn du dann nicht aufmachst, klingle ich bei allen Nachbarn. Wenn die erfahren, wer uns ausgesperrt hat . . . Eins!»

Die Tür war offen.

Als wir unter der Wohnungstüre standen, kam Amanda aus der Küche; sie hatte eine Pistole auf uns gerichtet. Berthold ließ beinahe die Flasche fallen.

«Nackte Einbrecher werden bei uns in Z. doch immer erschossen, oder nicht?»

Berthold gelang ein Lachen der Erlösung.

Wir zogen uns wieder an, wärmten uns auf. Dann stießen wir an aufs neue Jahr. Berthold strahlte stolz und glücklich. Auch er wird diese Nacht nicht vergessen.

Er fragte:

«Aber, Mandy, ich habe gar nicht gewußt, daß du eine Waffe hast. Wie bist du an die gekommen?»

«Amanda hat einen Waffenschein. Alles völlig legal. Nach dem zweiten Überfall, damals, hat sie einen Pistolenschießkurs besucht. Sie mußte sich doch schützen.»

«Tatsächlich?» Berthold staunte. «Aber jetzt braucht sie diese Pistole doch nicht mehr.»

«Gott sei Dank nicht — aber man weiß nie. In Israel, am Strand, hätte sie uns schon geholfen . . .»

Wir erzählten ihm alles. Er war ja zu der Zeit Amandas ausgesprochener Liebling. Und er hat ihr sehr oft geholfen. Auch ich mochte ihn gern.

Nach unserer Erzählung verabschiedete er sich, ganz Gentleman, und verließ uns stolz und glücklich.

Das ist es, was Männer brauchen, Erlebnisse, Abenteuer, das Besondere. Es sind nicht immer nur ausschweifende, perverse sexuelle Wünsche, die sie mit sich herumtragen, oft reicht ihnen schon etwas Einmaliges, Spannendes. Sonst aber wollen sie stets das gleiche hören: daß sie die besten Liebhaber sind, den größten, fähigsten, schönsten und seligmachendsten Penis haben; sie brauchen genausoviel Aufmerksamkeit wie Kinder, sie wollen diskutieren über Geschäftsprobleme, Konkurrenzangst und Karriere — offensichtlich ist ihnen das weder im Geschäft noch mit Kunden möglich, und zu Hause erwartet sie wohl eine Frau, die sich beklagt über ungezogene Kinder und verfärbte Wäsche und neidische Nachbarn, die sich langweilt oder dringend mehr Haushaltsgeld wünscht und sich schließlich wundert, daß ihr Angetrauter am liebsten in die Kiste glotzt.

Es war zwei. In ein paar Stunden schon würde mein Büroalltag wieder beginnen. Und die Kälte und der Champagner ließen mich nicht einschlafen.

Mein Chef Joris begrüßte mich.

«Na, Sophie, war's schön bei den Zionisten?» Kleine Pause. «Erholt siehst du ja nicht aus!»

«Ich erzähl's dir später einmal. Es wird ja wohl genügend Arbeit für mich da sein.»

Joris hatte Kaffee für die ganze Abteilung gekocht, und ich stürzte mich auf die Papierberge.

An diesem Abend ging ich mit meinem neuen Freund, einem fantastischen Musiker, aus. Er war ein sehr sensibler Mann; ich liebte ihn. Nur einen Fehler hatte er: Er war verheiratet. Und er machte einen Fehler: Er stellte mich, ich kannte ihn länger als ein Jahr, seiner Frau vor. Ich fand sie so sympathisch, daß ich mit ihm augenblicklich Schluß machte. Ich hatte auch nicht im Sinn, meiner Mutter nachzueifern, die bereits seit mehr als zwanzig Jahren die Geliebte eines verheirateten Mannes war. Eine Frau ohne Zukunftsaussichten.

Eine Geliebte erwartet — oder hofft zumindest — unbewußt immer, irgendwann die Frau des noch verheirateten Mannes zu werden. Und der Mann ist moralisch gesehen verpflichtet. Aber wozu?

Bei einem Callgirl gibt's keine Verpflichtungen. Die Sache ist abgeschlossen, abgesprochen. Und ein Supercallgirl wird niemals versuchen, eine Ehe auseinanderzubringen. Im Gegenteil. Es versorgt seinen «Liebhaber» mit genügend guten Ratschlägen, damit er es sich im Geschäft und im trauten Heim etwas probater einrichten kann.

Joris lud mich zum Mittagessen ein.

«Ich habe einen Riesenhunger. Kommst du mit? Wir wollen uns nicht schon Anfang Jahr überkonzentrieren. Feiern wir doch den Jahresanfang bei einem chinesischen Essen. Ich mag nicht alleine gehen, und meine Frau hat's nicht mit den Stäbchen.»

Er erzählte mir von seinem Familienurlaub im Schnee und wie er es genossen habe. Und es sei ihm erst in diesen Tagen wirklich bewußt geworden, wie sehr er seine Familie vernachlässige. Streß und Unrast nähmen ihn allzuoft völlig gefangen.

Wir genossen das Essen um so mehr.

Dann erzählte ich ihm von Amanda und dem Erlebnis mit Aaron und der Wiedergeburt. Er wurde neugierig und wollte mehr darüber erfahren, doch Amanda hatte mich gebeten, das alles zu vergessen, mit niemand darüber zu sprechen.

«Aber dir mußte ich es einfach sagen. Der Mann hat noch erzählt, wo seine Frau begraben liege, und Amanda geraten, den und den Friedhof in Genf zu besuchen. Doch für Amanda war alles ein abgekartetes Spiel, sie behauptete sogar, Aarons Schwester habe Drogen in die Plätzchen hineingebacken. Für sie ist der Fall erledigt. Aber mich beschäftigt das . . .»

«Weißt du, Sophie, es gibt mehr Dinge zwischen Himmel und Erde, als wir ahnen. Solange jedenfalls keiner zurückkommt und mir einen konkreten Beweis liefert, befasse ich mich nicht mit solchen Dingen.»

Ohne Übergang fügte er hinzu:

»Sag mal, warum bist du eigentlich nicht verheiratet? Eine aparte, intelligente Frau wie du!»

Ich sah ihn verwundert an. Er lachte.

«Ja, ja, ich weiß — es gibt für dich eben zu wenige intelligente Männer.»

Nun lachte ich auch.

«Nein, das ist es wirklich nicht. Ich habe meine große Liebe schon längst gefunden. Sie macht Karriere in Südamerika, und ei-

nes Tages, wer weiß? Vereinbart haben wir es . . . Raffael, so heißt
er, war vor einem Jahr in der Schweiz, wir hatten es schön miteinander, er bat mich nachzukommen. Aber wie das so geht, als ich
vor drei Jahren wollte, war er nicht soweit, er hatte gerade eine andere Beziehung, mit einem Anwalt. Und nun, wo er will, habe ich
eine . . . mit . . .»

«Oh ja, mit der Kellermann. Dachte ich's doch . . .»

«Was dachtest du doch?»

«Daß du auf zwei Hochzeiten tanzt. Finde ich auch in Ordnung.
Nur, für mich ist das so weit weg. Für mich gibt's nur die eine. —
Bestimmt hältst du mich für einen stinklangweiligen Bürger.»
Ich schüttelte den Kopf.

«Falls ich nochmals eine Chance bekäme — ich würde alles anders anpacken. Aber meine Frau, die würde ich wieder heiraten!»

«Das finde ich so bewundernswert an dir, Joris. Deine Liebe.
Aber du gehörst zu den Ausnahmen, zu den ganz wenigen. Ziemlich genau fünf Prozent aller Ehen laufen so. Die anderen Ehemänner und Ehefrauen gehen fremd.»

«Woher hast du denn diese Weisheit? Das nehme ich dir nicht
ab.» Und wieder ein abrupter Wechsel:

«Was macht eigentlich die Kellermann beruflich?»

«Och, sie fängt die Fremdgänger auf, gegen finanzielle Vergü-
tung!»

«Recht hat sie. Vielleicht würde ich das auch tun, wenn ich eine
Frau wäre. Es gibt ja genügend bescheuerte Männer, die nichts anderes mit ihren Kohlen anzufangen wissen.»

«Denk bloß nicht, das sei so einfach.»

«Du meinst, wenn ich eine Frau wäre und so aussähe wie jetzt,
dann müßte ich froh sein, wenn ich gratis einen abbekäme . . .»
Wir lachten schallend. Einige Gäste wandten sich neugierig um.

«Nicht doch. Aber stark mußt du sein, sonst zerbrichst du. In
diesem Metier gehen die meisten elend zugrunde. Darum werde ich
alles daran setzen, daß Amanda so schnell wie möglich aufhört.»

«Wenn ich als Frau wiedergeboren würde, ich bräuchte eine Freundin wie dich, Sophie. Du bist ein feiner Mensch.»

«Übertreib bloß nicht. Ich komme nicht zu kurz in meinem Leben.»

«Wenn ich sehe, wer dir nicht alles sein Herz ausschüttet im Büro — du weißt wohl über alle Bescheid. Eigentlich hättest du Psychologin werden sollen.»

«Wenn du meinst. Dann fange ich sofort im nächsten Semester an.»

«Auf keinen Fall — ich brauche meine Sekretärin.»

Es wurde ein ausgedehntes Mittagessen. Wir saßen bereits beim dritten Kaffee. Gegen Viertel nach drei kehrten wir lachend ins Büro zurück, als wäre es völlig normal, mitten im Nachmittag mit der Arbeit zu beginnen.

Die Zeit verflog rasend schnell. Amanda arbeitete weiter.

Manchmal erfuhr sie erst nach einer längeren Beziehung von den geheimsten Wünschen ihrer «Liebhaber». Ein französischer Weinfabrikant erhoffte nichts sehnlicher, als Amanda zu beobachten, wie sie mit einer Frau heftig flirtete. Kein Problem, er kannte mich ja nicht.

Sie traf ihn im Restaurant eines Luxushotels. Dann trudelte ich ein, zusammen mit Clara, meiner Untermieterin, die vorübergehend bei mir untergeschlüpft war. (Ich hatte vier Zimmer für mich allein, nicht besonders sozial in Zeiten der Wohnungsnot.) Clara war instruiert. Sie freute sich auf ein gutes Essen, und wir hatten unseren Spaß.

Amanda saß also mit ihrem älteren, rundlichen Weinfabrikanten bereits an einem Tisch, als wir eintrafen. Nicht lange, und sie flirtete wie verabredet heftig mit mir. Sie stand auf und ging auf die Damentoilette. Ich folgte ihr unauffällig, jedoch auffällig genug, so daß der Weinhändler uns nachstarren konnte. Im Waschraum plauderten und kicherten wir ausgiebig, und bevor wir in den Speisesaal zurückkehrten, zerzauste ich Amandas Haar und verschmierte ein bißchen ihren Lippenstift.

Nach dem Essen — Clara sollte ja auch nicht zu kurz kommen — inszenierten wir einen Streit, und sie rauschte wutentbrannt aus dem Saal. Kurz danach verschwand der Weinhändler. Er quetschte sich im Hotelzimmer in den Kleiderschrank, wovon ich selbstverständlich nicht die geringste Ahnung hatte . . .

Amanda hatte ihm erzählt, sie habe mir erzählt, daß er in einer halben Stunde nach Frankreich zurückfahren müsse.

Wir begaben uns gemächlich in Amandas Zimmer; dort erklärte sie mir ausführlich, sie wohne für zwei Tage im Hotel, wegen geschäftlicher Besprechungen; danach reise sie zurück ins Tessin. Wir genossen die Dusche, und endlich verzogen wir uns unters Bettuch. Wir kicherten und strampelten, und ich flüsterte ihr — laut genug, damit unser Zuhörer auch nichts verpaßte — Worte ins Ohr, die sie ganz verlegen machten. Das war zwar nicht meine Art, aber ich wollte den Mann im Schrank nicht leiden lassen. Mit einem wohligen Seufzer streckte ich mich aus und sagte:

«Du gefällst mir. He, du gefällst mir wirklich! Ich hab' mich in dich verknallt. Ich bleibe heute nacht bei dir.»

Ich machte es mir gemütlich.

«Hör mal, das geht nicht. Ich muß morgen früh aufstehen. Ich habe unheimlich wichtige Termine. Steh schon auf.»

«Ach, schade. Aber ein Stündchen plaudern, oder zwei, das liegt doch drin?»

Etwas knisterte.

«In diesem Hotel gibt's doch keine Mäuse und Ratten?»

«Warum?»

«Ich höre etwas. Das sind Mäuse . . .»

«Würdest du jetzt bitte gehen, ich finde dich auch lieb, aber jetzt bin ich zum Umfallen müde. Und schlafen tu ich nur alleine gut.»

«Aber morgen sehen wir uns. Versprich mir das.»

Amanda nickte.

Ich stand auf und ging nochmals unter die Dusche. Danach stellte ich mich vor den Schrank.

«Amanda, hat es da drin noch ein Handtuch?»

Ihre Augen blitzten, als sie mich ansah.

«Bestimmt nicht. Nimm meins. Hier.»

Dann verabschiedete ich mich lange und zärtlich von Amanda. Vor dem Schrank. Ich lehnte mich kurz dagegen. Vorsichtig, aber bestimmt zog sie mich weg und schob mich zur Türe. Ich ging hinaus. Ich klopfte. Nach einer Weile machte sie auf.

«Was ist denn noch?»

«Ich habe meine Jacke hier liegenlassen.»

«Ich sehe sie nicht.»

«Dann muß sie im Restaurant sein.»

Zu Hause erwartete mich Clara. Nur gerade sechs ihrer Freunde waren bei ihr. Sie saßen gemütlich in meinem Wohnzimmer, tranken fröhlich und angeheitert von meinem Wein, hörten meine Schallplatten, von denen einige später spurlos verschwunden waren. Ich fand das ganz und gar nicht schlimm. Ich hatte nur Gäste eingeladen für den nächsten Abend, hatte keine Zeit mehr, um einzukaufen, und Clara vergaß in der Regel, für Aufstockung der Vorräte zu sorgen.

Ich bat sie herzlich, sie solle die Güte haben und dafür sorgen, daß meine Gäste morgen nicht vor leeren Tellern sitzen müßten. Da meinte ein junger Kerl:

«Clara, du bringst es doch sicher fertig, daß diese alte, vorgestrige Hexe hier auszieht. Ekle sie raus. Diese Wohnung ist einfach Spitze!»

Zwei Tage später warf ich Clara hinaus — nicht nur, weil sie «vergessen» hatte, für Nachschub zu sorgen.

«Besser, wir trennen uns friedlich, solange es noch geht. Du ziehst aus, sofort. Deine kleine Katze läßt du hier, die mag ich nämlich.»

90

Viel später hat Amanda die Katze, nachdem die sich in den Bergen verlaufen hatte, aus Schnee und Eis gerettet. Sie lebt heute bei uns in Holland. Jennifer hat sie im Flugzeug hergebracht.

1976 Ein Grund, Weihnachten zu feiern

Und wieder näherte sich die Familienzeit. Für viele Menschen die traurigste. Ein Jahr zuvor hatte ich in der Zeitung von Z. gelesen: *Diese Weihnachten haben sich nur 37 Menschen das Leben genommen.*

Dieses «nur» hat uns, vor allem aber Amanda, schockiert. Wir saßen im Belvoir, sie löffelte ihren dritten Eiscafé. Sie hatte mich eingeladen; es gebe wieder einmal etwas zu feiern.

«Weißt du, Sophie, mittlerweile geht es mir so gut, daß ich diese Weihnacht etwas für die Menschen tun will, die keine Chance haben. Ich habe keine Schulden mehr, und das will ich auf besondere Art feiern.»

«Woran denkst du?»

«Ich gebe ein Inserat auf. *Wem kann ich einen Weihnachtswunsch erfüllen? Auto vorhanden. Chiffre . . .*»

So machte sie es, tatsächlich. Und bekam auf dieses Inserätchen dreihundert Anfragen. Sie rannte und fuhr herum von früh bis spät.

So brachte sie eine Frau von Basel nach Stuttgart, die im Rollstuhl saß und nicht das Geld hatte, ihren Bruder, der auch nichts hatte, zu besuchen. Sie holte die Frau im Januar wieder ab.

Immer unterwegs. Zehn tragische Schicksale, zehnmal Hilfe. Amanda hatte die ganze Weihnachtszeit über alle Hände voll zu tun damit, anderen Glück zu bringen.

«Sophie, ich bin richtig unglücklich, daß ich nicht alle Wünsche erfüllen kann.»

«Natürlich kannst du das nicht, du bist ja keine Zauberfee. Wir schreiben all den andern einfach eine Weihnachtskarte — du könnest wirklich nur die dringendsten Wünsche erfüllen . . . Die werden das verstehen. Aber schreiben müssen wir, sonst denken sie, es sei nur ein böser Scherz gewesen.»

1977 Venedig und Pikantes

Im Frühling fuhren wir nach Venedig. Amanda fuhr leidenschaftlich gern Auto, und ich schnallte mir jeden erreichbaren Sicherheitsgurt um. Hundertfünfzig durchschnittlich — eine Kleinigkeit. Manchmal nahm sie die Kurve auf zwei Rädern. Sie liebte das Risiko, den Rausch der Geschwindigkeit. Daran waren bestimmt auch die vielen Amphetamine schuld, die wir regelmäßig schluckten; wir wollten ja «fit» bleiben. Zugleich war ich in Behandlung bei einem teuren Modearzt, der einem für sehr teures Geld beinahe jegliches Essen verbot. Anfangs hielt ich die Pillen für wundertätige Appetithemmer, bald aber wurden sie für mich in einer anderen Beziehung noch viel wichtiger: Ich war dauernd aktiv, ja angetrieben, und ich verspürte kein Schlafbedürfnis mehr. Amanda stand mir im Pillenkonsum in nichts nach. Wir waren soweit gekommen, daß wir die Rezepte bei verschiedenen Ärzten sammelten; es kam sogar vor, daß wir sie klauten, wenn's nicht mehr anders ging.

Auf der Fahrt nach Venedig erkundigte ich mich bei Amanda nach ihren «Spezialfällen».

«Wie geht's deinem Lift-Kunden?»

«Helmut — das wird allmählich mühsam. Er glaubt mittlerweile fest daran, daß er ohne seinen Lift zu keinem anständigen Geschäftsabschluß mehr kommt.»

Vor ein paar Monaten war Amanda ins Büro von Helmuts Sekretärin gestürmt. (Wahrscheinlich hatte sie, wie schon so oft, in einer

Boutique ein sündhaft teures Kleid gekauft und brauchte nun dringend Geld oder einen Scheck.) Er war in einer Konferenz. Sie hatte die Sekretärin gebeten, Helmut aus seiner Konferenz zu holen, es handle sich um eine äußerst dringende Angelegenheit. Beim Lift hatte sie auf ihn gewartet. Sie hatte ihn aufgefordert, in den Lift zu steigen, und im Zwischengeschoß auf den Halteknopf gedrückt — es sah so aus, als sei der Lift steckengeblieben. Sie hatte ihren langen, klassischen Mantel geöffnet, darunter war sie natürlich nackt gewesen.

«Amanda, das geht doch nicht!»

«Ach was, komm schon, entspann dich. Glaub mir, nachher machst du ein Bombengeschäft.»

In der Tat. Seit diesem Tag bestellte er Amanda immer wieder zum Lift; sie war sein Glücksbringer.

Das könnte eine liebe Ehefrau auch einmal praktizieren. Es wäre ein besserer Anlaß für einen Besuch im Büro als das Kind, das schon wieder von der Schaukel gefallen ist.

«Und Yassir?»

«Auch immer das gleiche.»

Wirklichen Genuß erlebte Yassir nur im Beichtstuhl — katholische Kirchen stehen günstigerweise fast immer offen. Er rächte sich auf diese Weise dafür, daß man ihm als Kind weisgemacht hatte, Sex sei unzüchtig, sei Sünde. Seine Schuldgefühle hatte er noch immer nicht verarbeitet — obwohl er inzwischen als Psychiater berühmt und eine Kapazität war. Es trieb ihn weiterhin in die Beichtstühle. Noch größeren Genuß hatte er, wenn Amanda sich als Nonne verkleidete und ihm «danach» zehn Rosenkranzgebete als Buße auferlegte.

Es soll vorgekommen sein, daß er, der selber als Priester verkleidet war, von Frauen am «Rockzipfel» gezogen wurde, wenn er die Kirche verlassen wollte. Die Frauen legten bei ihm die Beichte ab. Buße unbekannt . . .

Amandas angespannte, harte Gesichtszüge entspannten sich, je näher wir unserem Ziel kamen, je wärmer und südlicher es wurde. Lachend meinte sie:

«Gott sei Dank sind die meisten Männer so wie Sergino!»

Sergino, der im Geschäft wie im öffentlichen Leben den Ton angeben mußte und ständig damit beschäftigt war, Befehle zu erteilen — wahrscheinlich duldete ihn auch seine Frau nicht anders —, genoß es, in Amanda seine Herrin und Gebieterin gefunden zu haben. Eines ihrer Spiele war, daß sie ihn am Abend einlud und mindestens zehnmal zum Kiosk am Bahnhof schickte, wo er ein bestimmtes Eis holen sollte. Worauf sie, wenn er es brachte, keine Lust mehr hatte und ihn nach einer ganz bestimmten Torte losschickte. Überglücklich, kein Laut des Widerstandes kam über seine Lippen, führte Sergino Befehl um Befehl aus, erfüllte ihr auch den ausgefallensten ihrer Wünsche.

Und zum Abschied küßte sie ihn herzlich und hieß ihn brav nach Hause gehen und seine Frau zärtlich verwöhnen — andernfalls müsse er nicht mehr anrufen wollen.

Amanda war zur Meisterin geworden in geistig-erotischen Machtspielen, bewandert in vielen Variationen dieser sadomasochistischen Spielart, bei denen das Körperliche eine nur geringe Rolle spielte.

Wir stellten den Wagen außerhalb der malerischen Stadt ab und fuhren mit dem Boot zum Markusplatz, in dessen Nähe wir in einem kleinen, romantischen Hotel abstiegen. Ohne uns auszuruhen, stürzten wir uns in die Gassen mit den vielen Einkaufsläden. Amanda strahlte. Sie sah wunderschön aus in ihrer saloppen Freizeitkleidung. Ihr stand alles — selbst ein Kartoffelsack. Doch am liebsten hatte sie echte, luxuriöse Materialien, Seide vor allem, die auch am besten zu ihr paßte. Immer war sie, auch wenn sie sich kindlich und schmollend und hilflos gab, ganz Lady. Und niemals verlor sie die Beherrschung, die Kontrolle über sich; sie konnte sich höchst ausgelassen geben, die Grenzen überschritt sie nie. Primitive Säuferparties verließ sie als erste.

Wir flanierten durchs frühlingshafte Venedig. Ostern, die ganz uns gehörten. In Harrys Bar, die seit dem Buch «Palazzo» berühmt und entsprechend teuer geworden war, saß zufällig Jeanne Moreau. Ich gab Amanda einen kleinen Kick. «Du bist ja viel schöner als die Moreau. Warum holt denn dich keiner zum Film?»

«So schön bin ich wirklich nicht.»

«Doch. Ich finde, es ist höchste Zeit, daß du es mal versuchst.»

Und so entstanden Porträt- und Aktfotos, von ihr und von uns beiden zusammen. Ich hatte kürzlich von Felix ganz normale Paß-fotos machen lassen; sie waren sehr gut geworden. Ich suchte ihn also auf, da ich von seinen Fähigkeiten überzeugt war, und zeigte ihm ein paar Schnappschüsse von Amanda. Er war Feuer und Flamme und bestellte Amanda gleich für Probeaufnahmen in sein Atelier. Zwei Wochen später ging ich abends zu ihm, um den beiden bei der Arbeit zuzusehen und die ersten Resultate zu bewundern. Sie waren grandios — die Aufnahmen —, die Arbeit machte den beiden sichtlich Spaß, sie waren ganz ausgelassen. Beiläufig erzählte Amanda mir, Felix würde gerne einmal Kunst-Aktfotos machen. Am liebsten von uns beiden — wegen der Gegensätze. Meine Begeisterung hielt sich in Grenzen.

«Ach, Sophie, sei doch kein prüder Frosch! Nur für uns beide. Ganz privat.»

Amanda schmeichelte und gurrte. Nach einer guten Flasche Wein gab ich schließlich nach.

Ich war gehemmt. Doch der Wein wirkte, und das gedämpfte Licht sowie eine durchsichtige Gardine taten ein übriges.

Wir standen da, Rücken an Rücken, lagen auf einem Tuch, hielten erst nur die Köpfe einander zugewandt, dann umschlangen wir uns in zärtlicher Zuneigung. Felix blieb Gentleman und Profi — es ging ihm ausschließlich um die Kunst und um die Schönheit des weiblichen Körpers.

Die Aufnahmen habe ich — Amanda bat mich später ausdrücklich, sie zu vernichten — so gut versteckt, daß ich sie bis heute nicht mehr gefunden habe. Schade. Sie waren wirklich einmalig.

Doch die Filmkarriere blieb aus . . .

Die zauberhafte Stimmung in Venedig, die Terrassen und die Musik, die an so vielen Orten noch lebendige große Vergangenheit der Stadt, all dies versetzte uns in Hochstimmung.

Eng umschlungen schlenderten wir durch die Gassen, und wir freuten uns darauf, ins Hotel zurückzukommen und uns zu lieben. Zärtlich meist, ab und zu auch stürmisch.

Dazu hatten wir unsere persönlichen Hilfsmittel im Gepäck — es ist viel schöner, die Hände frei zu haben bei der Liebe. Eine bisexuelle Frau genießt den Penis wie die weibliche Scham — es war herrlich. Was spielt es für eine Rolle, wer Mann, wer Frau ist! Verschmelzen zwei Menschen in höchster erotischer Spannung, verschwinden die Körperlichkeiten, werden zu Details; Unterschiede sind feine Nuancen.

Die meisten Männer mochten es übrigens, wenn Amanda sich einen Godemiché umschnallte — sie konnten sich ungehemmt ihren bi- oder homosexuellen Gefühlen überlassen, wobei sie dabei selbstverständlich nicht an «so etwas» dachten; sie wußten ja alle haargenau, wo sie standen!

Tage der Liebe und der Lust, sie vergingen nur zu schnell. Verzaubert von der Stadt und voneinander, kehrten wir heim.

1978 Langsamer Ausstieg aus dem Metier

Amanda hörte auf mit ihren Besuchen bei Wilhelmina. Auch die von ihr so genannten leicht Perversen wollte sie nicht mehr empfangen. Extremer Sadomasochismus war nie ihr Fach gewesen, es gab genügend Frauen, die es liebten, ihre Kunden mit Peitschen und anderen Marterinstrumenten zu quälen und damit zu befriedigen.

Dem Diplomaten aus einem europäischen Auswärtigen Amt, der einzig dann Befriedigung fand, wenn sie die WC-Brille abschraubte und im Wohnzimmer auf Silberpapier legte, damit er einen Haufen dreinmachen konnte, gab sie ebenfalls den Abschied. Yassir, der Psychiater aus dem Beichtstuhl — der nicht wußte, um wen es sich beim Diplomaten handelte, Amanda war tatsächlich hundertprozentig diskret —, deutete diese Art des Lustgewinns so, daß der Diplomat in seinem täglichen Leben keine Entspannung kannte und sich nur so entlasten konnte — die ganze Gesellschaft «schiß ihn an».

Endlich war Amanda soweit! Sie wollte etwas anderes tun.

Aber was?

«Sophie, du weißt, ich habe Menschen immer gerne berührt, ich helfe ihnen gerne. Aber mit dem Sex geht's nicht mehr. Du weißt, wie ich mich immer engagiert habe, wie ich versucht habe, mich in jeden meiner Kunden hineinzuversetzen, mich in ihn zu verlieben. Ich habe diese Kraft nicht mehr. — Aber ins Büro gehe ich nicht zurück!»

«Das ist mir völlig klar.»

«Was dann?»

Ich bereitete mich innerlich auf eine lange Diskussionsnacht vor.

Wir machten es uns auf ihrer Spielwiese, einem großen Bett (zweieinhalb auf drei Meter) mit Polsterumrandung, bequem. Sie holte Zigaretten, Kaffee sowie eine mächtige Pralinenschachtel. Die Pralinen wurden im Laufe der Nacht allesamt vertilgt — von ihr. In einer Ecke lag einsam ein hochhackiger Stiefel. Ich fragte Amanda nach dem zweiten. Sie habe einen Kunden, erzählte sie, der behalte von jedem Mädchen einen Schuh; die Schuhe bewahre er in antiken Suppenschüsseln auf. In seinem «Kultraum» habe er nichts anderes aufgestellt als eine Menge Terrinen. Nachdenklich meinte sie:

«Vielleicht fühlt er sich wie der Prinz im Märchen vom Aschenbrödel . . . Wer weiß, eines Tages bringt er mir meinen Stiefel zurück, mit einem Heiratsantrag.»

Sie seufzte.

«Am liebsten würde ich einfach heiraten. Einen Mann, den ich respektieren könnte, wir würden uns sogar siezen. Aber getrennte Schlafzimmer müßten wir unbedingt haben, ich schlafe am liebsten allein.»

Ich sah sie skeptisch an.

«Bei dir ist das natürlich etwas anderes, Sophie. Du bist so schön weich. Wenn du nach den Ferien plötzlich nicht mehr bei mir bist, dann stoße ich gegen eine Leere, die beinahe schmerzt.»

Ich fand den Ausdruck «gegen eine Leere stoßen» so bezaubernd, daß ich lachen mußte. Amanda schmiegte sich enger an mich.

Ja, sie sah sehr müde aus; nun, wo sie kein Make-up trug, hatte sie dunkle Ringe unter den Augen. Es gab nichts anderes, höchste Zeit für eine Veränderung. Ich machte ihr einen Vorschlag.

«Kurse. Du könntest dich weiterbilden . . . Richtige, das heißt medizinische, Heilmassage, Fußreflexzonenmassage, vielleicht auch Akupressur.»

Sie war Feuer und Flamme. Mit vollem Einsatz und ohne lange zu überlegen — wie es ihrem Naturell entsprach —, stürzte sie sich ins Abenteuer.

Der Zufall wollte es, daß ein Bekannter, den ich im Rotary Club kennengelernt hatte, Besuch bekam. In diesem Club waren Amanda und ich in einem Stück aufgetreten, das ich geschrieben hatte. Wir hatten Dirnen gespielt. Ich mußte ziemlich echt gewirkt haben, denn nach der Vorstellung hatte man mir Angebote zugeflüstert. Amanda war zu reserviert, zu unnahbar gewesen, aber ich hatte mit meinen vollen Formen die Zuschauer, nur Männer, feuchte Hände bekommen lassen. Nur meine Figur, nicht mein Theaterspiel hatte sie herausgefordert. Immer wieder kam es vor, daß sich Männer mit mir unterhielten und dabei unentwegt auf meinen Busen starrten, so daß ich eine Bemerkung nicht unterdrücken konnte.

«Mein Herr, ich habe auch noch ein Gesicht und ein Hirn, zufällig. Reden wir nicht gerade von Einstein — oder täusche ich mich?»

Bei solchen «öffentlichen» Auftritten fühlte Amanda sich unbehaglich. Schüchtern und verlegen nahm sie den Applaus zur Kenntnis. Trotzdem scheint sie einige vielversprechende Kontakte geknüpft zu haben. Ein Jahr später wurde sie wieder engagiert — als eine Art Eva. Sie hatte zusammen mit ihrem «Adam», beide waren mit nur einem Feigenblatt «bekleidet», auf langen Tischen zu aufreizender Musik zu tanzen. Es sei so lächerlich gewesen, meinte sie nachher, dafür werde sie sich nie im Leben mehr hergeben. Sie war nach diesem Auftritt aggressiv, schien eine mächtige Wut im Bauch zu haben. Kühl und bestimmt sagte sie:

«Eines sage ich dir — denen werde ich eines Tages zeigen, wer ich bin!»

«Was meinst du damit?»

«Wart's nur ab, Sophie, du wirst schon sehen!»

Danach pflegte sie wochenlang ihre Frustration, aß nur noch Eis und Schokolade. Aber hatte sie dann ein Pfund zugenommen, machte sie eine Diät. Über Wochen gab's Steaks und aus dem Wasser gezogenen Spinat. Völlig übertrieben, fand ich. Doch solche Eskapaden gehörten zu ihr, hatten auch ihren eigenen Charme. War nach zwei Wochen die Diät beendet, so kam etwas anderes, das sehr gesund war, auf den Tisch, Fondue beispielsweise oder Spaghetti — mindestens zwei Wochen lang. Ständig neue Überraschungen. Ich machte mir dennoch keine großen Sorgen, denn alles Neue verlor für sie bald einmal den Reiz. Manchmal artete ihre Stimmung in Putzwut aus; sie war extrem ordentlich und sauber, ständig räumte sie auf. Alte Souvenirs gab's nicht — die wurden regelmäßig verschenkt. Sie schien ununterbrochen damit beschäftigt zu sein, die Spuren ihrer Vergangenheit zu tilgen. Weg mit dem Ballast, der ihr nur hinderlich sein konnte für ihre Zukunft. Sie bewahrte nichts auf, keine Briefe, keine Fotos.

Eine Zeitlang hatte sie einen schwarzen Hund, den sie herzinnig liebte und nach Strich und Faden verwöhnte. Doch das arme Tier machte alles schmutzig, mußte täglich in die Badewanne, obwohl es das haßte. Sie beteuerte, nie würde sie diesen ihren liebsten Kameraden weggeben, nicht einmal für eine Million, er bedeute ihr alles. Dann verschenkte sie den lieben Freund und sprach kein Wort mehr über ihn.

War eine ihrer häufig wiederkehrenden Frustrationswogen noch nicht völlig verebbt, kam sie zu mir und machte sich in meiner Wohnung an die Arbeit. Ich war natürlich froh, denn sie lieferte Resultate.

Ich schlug ihr einmal vor, sie solle doch, da es ihr doch wieder besser gehe, eine Raumpflegerin anstellen und dafür in den freien Stunden ins Solarium gehen. Lakonisch meint sie:

«Kennst du jemanden, der besser putzt als ich?»

Ich kannte tatsächlich niemanden. Außerdem waren ihre Ruhepausen zu kurz. Ständig mußte etwas geschehen. Sie war getrieben von innerer Unruhe und Rastlosigkeit; ereignete sich an zwei aufeinanderfolgenden Tagen nichts Besonderes, konnte sie mürrisch werden.

Item, der Mann, der «meinen» Rotarier besuchte, war ein berühmter philippinischer Geistheiler, und jener fragte mich, ob ich nicht einen geeigneten Ort wüßte, wo der «Arzt» seine «Operationen» durchführen könne. Solche Aktionen waren in der Schweiz verboten. (Die Prostitution ist es auch — was die Steuerbeamten aber nicht kümmert. Die Steuern sind hoch, jede Prostituierte ist gezwungen, wieder und wieder den gleichen Umsatz zu erzielen. Der Satz, daß der Staat der größte Zuhälter sei, ist alles andere als abwegig.)

Der geeignete Ort war rasch gefunden — er war ja schon bereit.

Amanda richtete ihr zweites Schlafzimmer als Behandlungsraum ein, mit allen benötigten Apparaturen. Und bald standen die Patienten Schlange.

Amanda und ich hatten alle, die sich die teure Reise auf die Philippinen nicht leisten konnten, auf unser Angebot aufmerksam gemacht — Nachbarn, Arbeitskollegen und sogar die Frau meines Chefs suchten den Geistheiler auf.

Amanda assistierte ihm und lernte. Ich durfte ihm ebenfalls zwei Tage lang assistieren. Erstaunlich, wie der Heiler einen Körper mit bloßen Händen zu öffnen vermochte und Schlacken und Eiter aus den Wunden zog; danach strich er mit seinen Händen über die geöffnete Körperstelle, und außer einer feinen Narbe war nichts mehr zu sehen.

Bei einigen Patienten hat's geholfen, bei anderen kamen die Beschwerden von neuem.

Nachdem der Heiler abgereist war, übernahm Amanda die Nachbehandlungen. Langsam, aber sicher baute sie durch Mund-zu-Mund-Propaganda ihre Naturheilpraxis auf.

Zu der Zeit — ein halbes Jahr zuvor hatte ich von Raffael die Mitteilung erhalten, er kehre Ende Jahr für immer zu mir zurück —

erreichte mich die schreckliche Nachricht, er sei erschossen worden. Die Umstände seiner Ermordung sind nie geklärt worden. Die Welt stürzte über mir zusammen. Amanda fing mich auf. Nun tröstete sie mich.

Eine wohlmeinende Bürokollegin versuchte es auf ihre Art: «Stell dich nicht so an, für dich ist das doch gar nicht so tragisch. Schließlich glaubst du an die Wiedergeburt . . .» Gefasel von selbsternannten Esoterikern!

Ja, ich glaube an die Reinkarnation. Aber soll ich deswegen alle Gefühle vertagen? Geht mich das, was hier und jetzt in meinem Leben geschieht, nichts an?

Diese Kollegin plapperte von kosmischen Zusammenhängen, doch erkannt hatte sie nichts. Sie war einsam, geschieden, und suchte meine Nähe nur, um ihrer eigenen Einsamkeit zu entfliehen und weil sie sah, wie viele Leute bei mir ein und aus gingen.

Meine chaotische, «künstlerische», nonchalante Art mochte sie überhaupt nicht. Amanda versuchte ihr zu helfen, indem sie sie mit einem ihrer «Liebhaber» zu verkuppeln suchte, was auch nicht gelang.

Ich erledigte meine Büroarbeit wie eine Aufziehpuppe. Joris brachte mir viel Verständnis entgegen, Amanda arrangierte einen Klimawechsel. Sie lud mich und Jennifer, damals meine liebste Freundin neben Amanda, für ein paar Tage auf die kanarischen Inseln ein. Dort übte sie an uns für ihre neuen medizinischen Massagetechniken; daneben machte sie Strandläufe. Ich selber lag in der Sonne, begann wieder zu lesen. Amanda hatte mir zudem Diät verordnet; Jennifer machte solidarisch mit. Unsere neue «Ärztin» war streng, aber gut. Ich spürte, wie sich ihre Heilkräfte und die positiven Strömungen in ihren Händen von Tag zu Tag weiterentwickelten, und spornte sie an.

«Ich glaube, in diesem Beruf wirst du noch größeren Erfolg haben.»

Nach einer Woche ging es mir viel besser.

1979   Wenn Jazz-Musik zum Trauermarsch wird

Jennifer lebte mit einem farbigen Jazz-Musiker zusammen. Sie war nicht glücklich mit ihm; aber befand er sich auf Tournee, war sie noch weniger glücklich. Jennifer war schon damals ein Multitalent — ich erlaubte mir Vergleiche mit Annie Girardot und Billie Holiday. Ihre tragischen Liebesbeziehungen spiegelten sich in ihrer Stimme, ihr Leben war Soul und Blues und ist es heute noch. Niemand hat Jennifers besondere Größe entdeckt. Sie vernahm, ein neuentdeckter Pianist namens Diego de Verdaz gebe in unserer Stadt ein Konzert — geschlossene Gesellschaft. Sie war maßlos traurig, daß sie an seinem Konzert nicht dabeisein konnte, sie schwärmte ja nicht nur für Diegos Klavierspiel, sondern genauso sehr für ihn selber.

Wie Amanda es schaffte, bleibt mir rätselhaft, doch sie brachte es fertig, daß wir drei zu diesem Privatkonzert eingeladen wurden.

Etwas Seltsames geschah. Jenny fand Diego grandios — aber nur als Musiker. Wie ein kleines Mädchen hatte sie ihn angehimmelt, nun war der Zauber jäh verflogen.

Aber Amanda . . . In ihren Augen brannte ein Feuer, sie war völlig weg. Schnell hatte sie herausgefunden, daß Diego am folgenden Abend in Luzern ein Konzert geben würde. Wir fuhren nach Luzern.

«Sophie, meinst du, Jenny findet es sehr schlimm? Ich kann mir nicht helfen, aber ich bin unsterblich in ihn verliebt.»

«Das habe ich gestern schon gesehen. Du brauchst dir keine Sorgen zu machen, Jenny hat's hinter sich.»

Am nächsten Abend und am übernächsten auch fuhr Amanda allein zu den Konzerten. Ich war überfordert — hatte pünktlich im Büro anzutreten. Zwei Tage später fuhr ein Kran vor Amandas Haus vor; ein Steinway-Flügel wurde in die Wohnung gehievt. Ihre neue, große Liebe mußte doch bei ihr zu Hause üben können — und ihr von Zeit zu Zeit ein kleines privates Zwischenkonzert bieten. Amandas Enthusiasmus war ansteckend. Was sie auch tat, sie war immer Feuer und Flamme, ihre Spontaneität verdrängte jegliche Überlegung. Die leibhaftige Begeisterung.

Nach ein paar Tagen ein Anruf mitten in der Nacht. Eine jubelnde Amanda.

«Rat mal, wo ich bin. Du errätst es nicht!»

«In Lugano?»

«Weiter, viel weiter weg.»

«Wie soll ich das wissen?» Bist du vielleicht in Paris?»

«Schon besser. — Ich bin in New York. Mit Diego. Es ist wunderschön. Ich bin so glücklich!»

Ein neuer Beruf, eine neue Liebe. Ich freute mich mit ihr.

Zehn Tage später stürmte sie strahlend in meine Wohnung.

«In einem Monat ist er wieder hier. Ich freue mich jetzt schon. — Weißt du was? Ich wünsche mir ein Kind, zum erstenmal wünsche ich mir von einem Mann ein Kind.»

Sie packte ein Kissen, stopfte es unter ihre Bluse und tanzte und hüpfte wild durchs Zimmer.

«Sieh doch, Sophie, dieser dicke Bauch! Steht mir ein dicker Bauch? Stell dir vor, sooo ein dicker Bauch!»

Meine männliche Zwillingsseele hatte ich verloren, Amanda hatte die ihre gefunden. Sie war so glücklich, wie konnte ich es nicht sein! Und sie würde meine weibliche Zwillingsseele bleiben. Ein euphorisches Hochgefühl riß uns mit sich fort. Überirdisch strahlte der Diamant.

Das Glück, so kurz, so zerbrechlich.

Amandas Vater war todkrank. Sofort fuhr sie zu ihrem Papa, den sie über alles liebte, in der Hoffnung, ihm helfen zu können. Der Krebs war bereits zu weit fortgeschritten, fraß ihn auf.

Ich besuchte Amandas Vater einige Tage später; er vermochte kaum mehr zu sprechen. Doch seine Augen sagten vieles. Mit Mühe flüsterte er mir zu:

«Sophie, ich bin müde. Ich gehe. Es ist gut, daß Amanda bei dir ist.»

Er drückte meine Hand, mit solcher Kraft, daß es beinahe schmerzte. Ich schlich weinend aus dem Krankenhaus.

Zwei Tage danach starb er.

Tapfer regelte Amanda alles Nötige für das Begräbnis und nahm ihrer Mutter alle anfallenden Arbeiten ab.

Joris gab mir frei, und ich fuhr zur Beerdigung. Amanda dankte mir für mein Kommen. Wenig genug, was ich tun konnte. Sie sah gottverlassen einsam und unglücklich aus in ihrem Schmerz.

Verlierst du Vater oder Mutter, so ist es, als verlörest du deine Wurzeln auf dieser Erde.

Amanda war untröstlich. Doch tapfer behandelte sie ihre Patienten. Zwei Freunde aus ihrer früheren Zeit unterstützten sie, wo sie nur konnten. Einer war Berthold. Ich ziehe den Hut vor ihnen.

Und Diego de Verdaz schickte ein Telegramm:

«Habe mich entschieden für Gott — liebe nur ihn. Ich komme nicht!»

Der Flügel wurde lautlos entfernt.

1980   YOU ARE — die Erleuchtung?

Einer ihrer Patienten begann sie eines Tages zu bearbeiten. Schnell, wie immer allzu schnell, war sie von den Ideen, die er ihr predigte, begeistert.

YOU ARE!

Sie rief mich an, tat höchst geheimnisvoll. Sie habe das Höchste gefunden — und sie möchte mich daran teilhaben lassen . . .

Wir vereinbarten einen Abend. Sie erschien in Begleitung dieses Herrn. Er sollte mir erklären und wohl auch beweisen, daß und wie und warum diese YOU-ARE-Organisation das einzig Wahre und Richtige sei. Nur das Mitmachen, das aktive Teilnehmen als Mitglied dieses Vereins biete einem Menschen Gewähr und Garantie für vollkommene Erleuchtung und Erlösung, und man erlange dabei nicht nur paradiesische, sondern auch irdische Schätze.

Dann mal los!

Er war ein unscheinbarer Mann. Um so gewaltiger war das, was er sagte. Die Bedingungen, die einzuhalten waren, damit man überhaupt das Recht bekam, zu Vollkommenheit, Reinheit und Erlösung zu gelangen, machten mich sprachlos. Diese Bedingungen waren strenger, extremer, grotesker als sämtliche Vorschriften im römisch-katholischen Katechismus.

Amanda strahlte diesen «Propheten» glückselig an; sie hing an seinen Lippen. Ich versprach schließlich, mir Gedanken darüber zu machen.

Beim Abschied sagte sie zu mir:

«Du bist einfach stur!»

«Nein. Nur mir selber treu!»

Leicht enttäuscht verließen die beiden meine verqualmte Wohnung; ich hatte ihnen nicht mal etwas «Anständiges» anzubieten gehabt. Mineralwasser hatte ich meistens nicht im Haus . . . In der Milch war Tierisches, Kaffee und Wein waren verboten. Ich hatte nur noch gestaunt.

Zugegeben, der Grundgedanke ihrer Theorie mochte gut sein — Grundgedanken sind in allen Religionen gut. Sind aber die Fanatiker am Werk, wird's unerträglich für mich, ja es beginnt mich zu ängstigen.

Unsere liebe Gewohnheit der täglichen Telefongespräche wurde unterbrochen. Ich mußte wohl oder übel einsehen, daß ich mit meinen Argumenten zu spät kam.

Es vergingen zwei Wochen. Da lud mich Amanda in eine Pizzeria ein. Sie wollte mir alles noch einmal genauestens erklären. Das wollte ich ebenfalls.

Sie begrüßte mich zwar liebevoll, war aber skeptisch:

«Sophie, begreif doch! Will man die vollkommene Erleuchtung erreichen, so muß man sich eben unbedingt gewissen Regeln unterwerfen, bedingungslos. Auf keinen Fall Alkohol trinken, kein Fleisch, keine Zwiebeln, keinen Knoblauch essen, keine roten und vor allem keine schwarzen Kleider tragen und . . .»

«Amanda, das sind doch pure Äußerlichkeiten. Klar, wenn du das alles aus Gesundheitsgründen tust — jetzt mal abgesehen von der Kleiderfarbe —, dann ist das richtig und klug. Ich finde es prima, wenn ein Tierliebhaber oder ein Ökofreak auf den Genuß von Fleisch verzichtet. Und für einen melancholischen Menschen ist Schwarz wohl kaum aufheiternd. Und Rot ist aggressiv — aber auch fröhlich. Alles hat doch zwei Seiten. Und was dein Bekannter über den Sex erzählt hat, von wegen, er sei nicht gut — du kennst meine Auffassung darüber. Also bitte . . .»

«Du verstehst einfach nicht. Oder willst du nicht verstehen? Sex hat immer eine negative, niedrige Schwingung, er verhindert die geistige Entwicklung.»

«Wenn du meinst. Ich glaube das nicht. Nimm die Nächstenliebe, die Zuneigung — da spielen Sexualität und Erotik doch eine Rolle, und wenn du geistig beteiligt bist, dann bist du zärtlich. Das ist nicht einfach niedere Lust, das tägliche Rennen hinter der Lust her . . . Das meine ich ja nicht, ich weise es ab. Die Liebe, das Verschmelzen zweier Körper, das ist wie ein Schöpfungsakt. Willst du die große Macht der Liebe nicht spüren, ist sie dir egal, dann verlernst du auch die Nächstenliebe.»

«Was wirklich zählt, ist die Liebe zu Gott!»

«Wir können doch nur zeigen, daß wir Gott lieben, wenn wir uns gegenseitig lieben. Was anderes hat der Gott der Christen getan?»

«Ach, du weißt ja doch alles besser. Man muß auf Sex verzichten, damit man höher entwickelt wird. Auch du wirst das noch sehen und begreifen. — Die Organisation hat Großes vor mit mir, und wenn ich mich an die Regeln halte, so wird mir alles verziehen.»

«Sehr schön, sie reden dir also schon Schuldgefühle ein.»

«Du denkst doch nicht wirklich, daß das, was ich getan habe, so gut war, oder?»

«Oh, ich denke, du hast, was du getan hast, aus einer Notlage heraus getan. Ich habe nie behauptet, Sex im Tausch gegen Geld sei das Höchste. Aber du hast alles aus Überzeugung und auch aus Liebe getan, nicht aus purer Habgier, oder täusche ich mich? Vielen Männern hast du sehr viel gegeben. Was soll daran schlecht sein? Und meiner Bewunderung und Liebe warst du sicher. Ich finde, den Frauen aus dem Milieu sollte mehr Achtung entgegengebracht werden. Denk nur, wie viele Sittlichkeitsverbrechen sie mit Sicherheit verhindern.»

«Du kannst mir erzählen, was du willst. Ich werde dafür sorgen, daß meine Vergangenheit vergessen wird.»

«Wenn du das nötig hast . . . Ich habe mir für dich nichts anderes gewünscht als eine neue Berufung, die dich erfüllt und glücklich macht. Für das Gewesene brauchst du dich deswegen nicht zu schämen. Allerdings habe ich das Gefühl, daß du zuviel unbesehen übernimmst, was die dir weismachen; du bist plötzlich fanatisch und streng, du bist verbissen geworden. Das kann ich beim besten Willen nicht verstehen.»

«Überhaupt nicht fanatisch. Du selber bist stur und eigensinnig — und ziemlich arrogant. Dir fehlen Demut und Bescheidenheit, dein Leben scheitert daran, daß du zuviel denkst und meinst, damit könnest du alles selber regeln und in den Griff bekommen. Es ist höchste Zeit, daß du deinen Intellekt ausschaltest, so daß eine andere, eine höhere Führung von deinem Geist Besitz ergreifen kann. Du mußt es geschehen lassen! Solange du es nicht tust, ist alles hoffnungslos. Ich, ich habe ganz neu angefangen. Alles Gewesene wird vollständig ausgelöscht werden!»

«Dann würdest du gut daran tun, einen anderen Vornamen anzunehmen — wie schon einmal. Ein neuer Name, und alles Vergangene ist ausradiert. Obwohl ich denke — entschuldige, daß ich immer noch denke —, daß man zwar neu anfangen kann, daß man unbedingt eine neue Chance bekommen sollte, kann man sich deshalb doch keine neue Seele schenken lassen. Du bist du, deine Seele begleitet dich seit Ewigkeiten, und sie bleibt die deine.»

«Oh, ich weiß, daß ich nicht wiedergeboren werden muß. Nun ist mir alles verziehen. Das wird meine letzte Reinkarnation sein.»

«Dann weißt du mehr als damals Christus!»

«Ganz bestimmt! Das ist schon so lange her, in der Zwischenzeit sind höhere Reinkarnationen auf der Erde gewesen, höher entwickelte . . .»

«Klar, dieser Saint Gilles von YOU ARE zum Beispiel.»

Sie runzelte verwirrt die Stirn. Wie konnte ich Uneingeweihte nur davon wissen? Sie schien für einen Augenblick zu schwanken . . .

«Woher weißt du das?»

«Ich habe früher mal diese Bücher gelesen — obwohl dein Herr

Prophet mir weismachen wollte, daß man die erst zu Gesicht bekomme, wenn man höher entwickelt und rein sei. Fertiger Quatsch!»
«Du bist ein hoffnungsloser Fall, Sophie. Ich mag jetzt nicht mehr darüber reden. Ein andermal vielleicht. — Und die Organisation findet meinen Vornamen ausgezeichnet.»
«Ja, ja, Amanda, die ‹Liebenswerte›.»
«Ich ziehe übrigens um, ins Appenzellerland. Das ist vorteilhafter für meine Heilpraxis — und auch wegen der Steuern. Meine Patienten werden auch dorthin kommen, dafür ist gesorgt.»
Ich gab mich geschlagen.
«Das kann ich bestens verstehen. Ich wünsche dir ganz viel Glück und Erfolg!»
Sie verkaufte ihre Attikawohnung, kaufte sich ein Appartement im Appenzellerland. Nach zwei Wochen war Praxiseröffnung.
Auch ich zog um; man kündigte mir, da die Bank das Haus verkaufte. Meine Vierzimmerwohnung — fünfhundert Franken im Monat — sollte renoviert und «vergrößert» werden. Zwei Zweizimmerappartements sollten Platz darin finden; meine Nachfolger würden für zweieinhalbtausend im Monat dort hausen. Wieder ein Haus, das der Spekulation zum Opfer fiel.
Mit einigem Glück und dank der Vermittlung einer Freundin fand ich in der gleichen Gegend eine kleine Zweizimmerwohnung. Selbst die Katze wurde krank in diesem Schattenloch. Ich war nur noch selten «zu Hause». Ich hatte das Leben in Z. satt. Die Atmosphäre wurde immer kälter. Geld, nichts als Geld . . .
Mein Jugendfreund war erschossen worden, meine Geliebte hatte ich an eine Sekte verloren, mein Zuhause an die Geldwölfe.
Das Leben im Büro war erträglich. Aber was sollte ich dort? Frauen hatten in meinem Betrieb keine Aufstiegschancen. Meine Freundinnen waren mittlerweile verheiratet, hatten Kinder und verließen eine nach der anderen fluchtartig die unfreundliche Stadt. *Wohnung zu vermieten an CH-kinderloses Ehepaar, keine Haustiere, Nichtraucher* — und das Ganze zu horrenden Mietzinsen.

Im Frühsommer 1992 kam Amandas und meine gemeinsame Patentochter auf Besuch. Amanda hatte den Kontakt zu ihr abgebrochen. Monique war zu einer wunderschönen jungen Frau herangewachsen, sie hatte eine starke Ausstrahlung und war intelligent, voller Ambitionen, Wünsche, Ideale und Fragen, auch zu YOU ARE. Ich erzählte ihr, was ich wußte.

Auch bei YOU ARE ist der Grundkern positiv, eine ursprüngliche Quelle der Weisheit, von östlichen Meistern verkündet — westliche und amerikanische Führer haben sich die Rosinen herausgepickt und sie nach ihrem Belieben zusammengeschüttelt; nun sprudelt eine Geldquelle.

Heutzutage ist es «in», sich zu den Esoterikern zu zählen. Egal, wie. Irgendwie. Es gibt Leute, die machen es sich recht einfach: Geht es dir schlecht, dann hast du das einzig und allein deinem letzten Leben zu verdanken. Mir kann's egal sein, was aus der Dritten Welt wird und aus allen andern armen Teufeln. Ich genieße jetzt, denn ich habe das Recht dazu.

Schickimicki-Esoterik! Eine Kette ist nur so stark wie ihr schwächstes Glied. Und ist die Menschheit nicht in der Lage, mit diesem Bewußtsein den Bumerangeffekt zu stoppen — dann sind wir noch weit, weit entfernt von göttlicher Höhe und noch weiter weg von kosmischer Liebe.

Was du in diesem Leben versprichst und nicht hältst, das kannst du nicht auf das Karma des anderen schieben.

Da bewundere ich die neuen Hexen, die sich durch positive Stärken, durch ihre Intuition und ihre Theorien auszeichnen, die tiefes Urwissen im Alltag beweisen. Es geht um die Stärkung der urweiblichen Kräfte in allen Lebensbereichen, vom einzelnen Menschen über die politische Auseinandersetzung bis zur vielbelächelten Heilung aus dem Kräutergarten, es geht um Homöopathie so gut wie um weltumspannende Aktionen zur Rettung unseres Planeten. Die neuen Hexen sind offen für jeden und alles, sie versuchen mit harter Konsequenz, doch ohne bitteren Haß das hiesige Leben zu meistern — mit ihrer weißen Magie, mit ihren spirituellen Fähigkeiten. Sie sind kreativ und natürlich, sie beziehen den Mann wenn möglich mit ein. Und wenn sie den Besen in die Hand nehmen, kann es sein, daß sie den Boden wischen wollen. Die Liebe — in welcher Form auch immer — steht für sie an erster Stelle, die heilige Urschöpfungsquelle des irdischen und himmlischen Universums.

Vor einigen Jahren hatte mir Amanda «Das Lebensspiel und seine Regeln» von F. Shinn geschenkt. Ich zog es vor, Monique das Buch von R. Moore «Die Göttin in Dir — Sieben Stufen zum inneren Frieden» aufs Nachttischchen zu legen . . .

Ich hoffe, Monique erreicht ihre Ziele mit echter Liebe, ohne großen Schaden an ihrer noch so verletzlichen Seele zu nehmen. Sie hat alle Kraft in sich.

1992   Juni / Juli: Ruhe vor dem Sturm

Ein Mai voller Aufregungen. Nun wird es ruhig. Nachdem Spaeltli die Hochzeit abgesagt hat, verläuft die Sache im Sand. Die Drohanrufe hören auf, ebenso die Presseanrufe; die Gemüter haben sich beruhigt. Reines, gewöhnliches Alltagsleben . . .

1992 *August: Das Interview*

Die beiden haben in aller Stille doch geheiratet.

Ein gefundenes Fressen für die Presse. Man wirft dem Publikum weitere Stories hin, gräbt dazu «meine» Fotos aus. Die Hintergründe kümmern niemanden. Nur die Wirtschaftszeitungen betrachten den Fall objektiv — börsenkursmäßig. Scheußliche Geschichten kommen ans Licht. Amanda soll ihren ersten Ehemann, der nach nur einem Jahr dauernder Ehe gestorben ist, aus Erbschleicherei geheiratet haben. Ich kann das nicht glauben! Ist das meine Amanda?

Sie läßt die Leute wissen, daß sie mit der fotografierten Person nicht identisch sei. Und ihre Mutter, wohl in ihrem Auftrag, teilt der Presse mit, man habe die ganze Komödie einzig dieser drogensüchtigen Schlampe in Holland zu verdanken!

Immerhin ein Erkennungszeichen. Aber das hätte Amanda nicht tun dürfen . . .

Meine eigenen Aussagen, die niemals veröffentlicht worden sind, lassen Amanda keineswegs als herzlose und habgierige Person erscheinen.

Lesen Sie selber . . .

* * *

Wann und unter welchen Umständen haben Sie Frau Kellermann kennengelernt?
Anfang der siebziger Jahre habe ich Trudy Kellermann kennengelernt. Sie war Aushilfssekretärin im gleichen Unternehmen. Ich erfuhr schnell von ihren Problemen, auch von ihren Schulden. Sie hatte ihr Spargeld und auch das ihrer Eltern sowie diverse Kleinkredite innerhalb eines Jahres dubiosen Geschäftsleuten anvertraut, die Anfang der siebziger Jahre für Schlagzeilen sorgten. Affäre D, Affäre H. Sie war depressiv und verzweifelt, versuchte dennoch selbständig Karriere zu machen, da es mit einem normalen Einkommen nicht möglich war, den Schuldenberg abzutragen.

War Frau Kellermann damals schon so kalt und geldgierig, wie sie jetzt in der Presse dargestellt und wie sie allgemein beschrieben wird?
Nein, überhaupt nicht. Im Gegenteil, sie war sehr großzügig, warmherzig, liebevoll und hilfsbereit, sie war charmant, sensibel und vielleicht allzu vertrauensvoll und optimistisch trotz ihrer schlechten Erfahrungen. Keiner der Geschäftsherren war bereit, ihre Ideen zu unterstützen und ihr einen Neuanfang zu ermöglichen.

Sie sah eigentlich gar keinen anderen Ausweg mehr, als sich in dieses Metier zu begeben. Sie wurde, in ihrer Situation, praktisch auf diesen Weg gezwungen. Sie empfand es als sehr schwer; man kann nicht über Nacht einen Schuldenberg abtragen. Das gibt es nur im Märchen.

Wie war Ihre Beziehung in jener Zeit? Könnte man sie als Freundschaft, als Bekanntschaft bezeichnen?
Ja. Es wurde sehr schnell eine intime Freundschaft. Sie war gerade ein Jahr zurück aus dem Ausland und hatte eigentlich noch keine Freunde in Z.

Durch meine spirituelle Lebenseinstellung versuchte ich ihr neuen Lebensmut zu vermitteln. Ich war fasziniert von ihr, ihrer Persönlichkeit und ihrem Mut, ihren originellen Ideen und gab ihr moralische Unterstützung. Daraus entwickelte sich rasch eine zärtliche Beziehung. Und wenn Sie jetzt sagen: Ach Gott, lesbisch war sie auch noch, so käme das natürlich so in die Presse . . . Ich kann dazu nur sagen, daß es Hunderte von Nuancen dieses Lebensgefühls gibt.

Wenn eine Frau diesen schwierigen Weg geht, so braucht es mehr als Sexualität, um mit Vertretern der höheren Gesellschaft umzugehen. Es erfordert Geist, Seele, Intellekt, Einfühlungsvermögen und maßloses Verständnis — also eigentlich die Arbeit eines praktischen Psychologen. Hat diese Frau dann eine Beziehung mit einer Frau, so hat sie nicht unbedingt vor allem Lust auf Sexualität, sondern sie möchte sich aussprechen, sich trösten lassen. Daß daraus eine Art zärtlicher Beziehung entstehen kann, sollte eigentlich keine Frage sein. Seit dieser Zeit stehe ich zu meiner Bisexualität. Beinahe alle Menschen haben etwas davon in sich. Das braucht nicht immer praktisch ausgelebt zu werden, seelisch-geistig aber wird es das.

Zu der Zeit waren Sie also die Lebenspartnerin von Frau Kellermann?
Ja, gefühlsmäßig bestimmt. Ich hatte ein Einzimmerappartement. Das habe ich ihr zur Verfügung gestellt. Sie hat es wunderbar ausgemalt, im Stil von Chagall. Ich bin dann zu ihr in die größere Wohnung gezogen; später fand ich dank ihrer Vermittlung eine schöne große alte Wohnung im Künstlerviertel. Sehr viele und verschiedene Menschen verkehrten da, auch einige Geschäftsherren, Kunden von ihr, kamen, um sich von mir die Karten legen zu lassen. Das war mein Hobby. Alle Arten von Künstlern gingen bei mir ein und aus, auch Menschen, welche die Gesellschaft eher als Randfiguren bezeichnet, die für mich allerdings die tiefsten und wertvollsten Menschen sind.

Zurück zu Frau Kellermann. Wie ging es inzwischen mit ihren Schulden?
1973/74 hatte sie die Schulden abbezahlt, und es war nur natürlich, daß sie für sich persönlich eine Reserve anlegen wollte, um nicht wieder in Abhängigkeit zu geraten. Interessant, nein, tragisch daran ist, daß sie meiner Meinung nach von den Männern verraten wurde (nicht von allen), die sie damals kannten, diese haben dem Großindustriellen die Informationen zugetragen, nicht die «Arbeitskolleginnen». Als die sich im Mai zu Wort meldeten, war die Hochzeit bereits abgesagt! Nach intensiven (?) Recherchen von Spaeltli — wohl kaum aber in seinem Verwaltungsrat — hat diese nun Ende Juli doch stattgefunden.

Wer waren ihre Liebhaber?
Da werde ich gar keine Namen nennen. Ich kenne sie zwar — aber spielt es tatsächlich eine Rolle, ob jemand weiß, daß Fabrikant X oder Y im Kleiderschrank Liebesspielen zuguckte oder daß Politiker K oder L in Frauenkleidern und in Spitzenstrümpfen bei ihr in der Wohnung umhertanzte? Wer es bei ihr nicht gemacht hat, der hat es vielleicht bei einer anderen oder vielleicht gar nicht getan.

Und damals hieß sie noch Trudy Kellermann?
Sie nannte sich bereits 1972 Amanda (oft Mandy genannt). Das paßte viel besser zu ihr.

Wie kam sie eigentlich zu ihrer Naturheilpraxis?
Ende der siebziger Jahre wollte sie etwas anderes machen; damals habe ich ihr geraten, einen Kurs in Fußreflexzonen- und Heilmassage zu besuchen. Außerdem hat sie sich in psychologischer Beratung ausbilden lassen. Sie besuchte verschiedene Managerkurse und ist in dieser Richtung tätig geworden. Sie hatte die Fähigkeit und auch das Charisma. Gleichzeitig verhalf ich ihr zum Kontakt mit einem philippinischen Geistheiler, der in Zusammenarbeit mit ihr viele

Patienten behandelte. Sie übernahm die Nachbehandlung, und die Mund-zu-Mund-Propaganda brachte ihr immer neue Patienten. Ich möchte betonen, daß sie enorme Fähigkeiten auf dem Gebiet des Heilens hat und viel positive Energie ausstrahlt.

Haben Sie denn Beispiele von Heilerfolgen?
Ja, sicher — mich selber und meine Freunde. Sie hat das einfach in sich, sie hat magische Hände. Ich habe mich schon damals, Anfang der siebziger Jahre, mit Esoterik befaßt, und meine Einstellung ist, daß das, was man aus Liebe tut, bestimmt richtig ist. Ich weiß auch, daß sie niemals lieblos war, sie hat immer aus voller Überzeugung gehandelt, sie hat jeden ihrer einzelnen Liebhaber geliebt. Sie hat mit Sicherheit etwas gegeben, was materiell nicht aufzuwiegen ist.

Warum verließ sie Z.?
Sie wechselte aus steuertechnischen Gründen von Z. ins Appenzellerland. Außerdem sind nur dort Naturheilpraxen erlaubt.

Wie kam Frau Kellermann eigentlich zur YOU-ARE-Organisation?
Da überschlugen sich die Ereignisse in ihrem und in meinem Leben. Sie hatte sich in einen amerikanischen Jazzmusiker verliebt, dem sie in ihrer Begeisterung nach Amerika nachreiste, worauf er ihr nach einer Liebesnacht erklärte, er liebe nur Gott!

Nach ihrer Rückkehr (etwa 1979) starb ihr Vater. Sie hing sehr an ihm, sie war überhaupt außergewöhnlich gut zu ihren Eltern. Sie richtete ihrer Mutter eine neue Wohnung ein, erfüllte ihr alle materiellen Wünsche. Als Trost?

Was mein Leben betrifft — mein Jugendfreund wurde in Südamerika erschossen, die Umstände sind bis heute ungeklärt. Sie hat mir in der Zeit sehr geholfen. Ich selber war wegen meiner eigenen Trauer nicht in der Lage, ihren Schmerz voll und ganz aufzufangen. Da kam ein Patient zu ihr in die Praxis, der YOU ARE angehörte.

Das Phänomen des Todes der Eltern — man wird sich des Verlustes erst in diesem Augenblick bewußt. So war sie offen für diese Art religiöser Lebensschule. In ihrer Begeisterung kam sie mit diesem Herrn zu mir nach Hause. Ich hatte damals schon das Gefühl, daß diese Bewegung nicht nur christliche Prinzipien verkündete. Die Regeln sind äußerst streng: Kein Sex, auch nicht in der Ehe, auch nicht zum Zeugen von Kindern. Davon seien genug auf der Welt. Und ich nehme an, das Erbe kinderloser Paare falle leichter einer religiösen Gemeinschaft zu. Die religiösen Prinzipien heißen: Wissen, Tun, Ertragen, Schweigen. Und darum darf sich Frau Kellermann gar nicht zu all dem äußern.

Aber ich finde, sie verdient Fairneß. Ich weiß, daß sie nie so war, wie man sie heute darstellt; ich bin vielmehr davon überzeugt, daß sie keine eigenen Entscheidungen mehr treffen darf. (?)

Zu mir sagte sie bei einem späteren Treffen, und das ziemlich herablassend: «Du mußt endlich deinen Intellekt ausschalten und deine höhere Führung einziehen lassen. Dein Leben scheitert daran, daß du zuviel denkst.»

Weitere Vorschriften besagen, daß man kein Fleisch, keine Zwiebeln und keinen Knoblauch essen, sich nicht rot und nicht schwarz kleiden, keinen Alkohol und keine Zigaretten genießen dürfe, das sei alles negative Energie.

Das war für mich zum größten Teil unverständlich. Reicht nicht das Gebot «Liebe deinen Nächsten wie dich selbst»? Da werden alle weiteren Gebote doch überflüssig. Und wie steht's mit dem Gewissen?

Hat das Ihre freundschaftliche Beziehung beeinflußt?
Ja, das hat uns ziemlich entzweit und uns einander entfremdet. Sie war logischen Argumenten nicht mehr zugänglich. Es hatte bereits eine Gehirnspülung stattgefunden, man hatte ihr Reichtum versprochen und eine große Zukunft prophezeit. Die Organisation hatte natürlich auch erkannt, daß diese Frau mit ihren außerge-

wöhnlichen Begabungen ein gutes Medium für ihre Zwecke werden könnte. Nur ihre Vergangenheit mußte ausgelöscht werden — alles, auch die Fotos und wahrscheinlich auch der Umgang mit mir.

Als ich 1981 ins Appenzellerland zu ihr in die Praxis ging, um ihr zu sagen, daß ich in die Niederlande auswandern würde, nahm sie mir das Versprechen ab, nie über sie und über ihre Vergangenheit zu schreiben (ich bin Hobbyschriftstellerin). Sie versprach mir dafür, nachdrücklich, was auch immer geschehe, sie sei für mich da, falls es ihr selber gutgehe. Das hat sie bestimmt so gemeint.

Aber wenn sie nun nicht mehr selber entscheiden darf? Aus diesem Grunde habe ich mich zuallererst, als der erste Anruf von der Presse kam, an Amanda gewandt — schriftlich, weil nie jemand das Telefon abnahm.

Es ist auch möglich, daß ihre Post von der «geistigen Führung» zurückbehalten wird.

Zur Zeit wüßte ich nicht, wie ich Kontakt mit ihr aufnehmen sollte, wenn jemand behandelt werden möchte. Man müßte jemand kennen, der bereits Zugang zu einem Vortrag im Nobelhotel hatte, damit man sie überhaupt mal zu Gesicht bekäme. Sie hat innerhalb dieser Organisation eine hohe Stellung. Wenn man von göttlicher Liebe durchdrungen ist, sich aber unerreichbar macht — was hat das mit christlicher Nächstenliebe zu tun?

Was war für Sie nun der Anlaß, das Schweigen zu brechen und über die Vergangenheit von Frau Kellermann zu sprechen?
Ein Grund dafür ist, daß ich annehmen muß, sie sei eine Marionette dieser Organisation geworden. Andererseits ist mein Versprechen für mich gegenstandslos geworden, da sie sich mir gegenüber nicht äußert — was ich ihr persönlich unter diesen Umständen nicht übelnehme. Sie ist beeinflußt.

Doch sie besitzt Charisma und viele Fähigkeiten. Ich würde auch heute noch Patienten zu ihr schicken.

Ich habe ihr ebenfalls Reichtum prophezeit. Damals meinte sie:

«Ich möchte aber nie so werden wie die meisten Reichen! Bitte, sag's mir dann.»

Es war für mich schwer, die ersten Lockvogelangebote — enorme Summen — abzuweisen; heute weiß ich, daß sie fingiert waren. Es geht mir alles andere als rosig. Aber ich versuchte zunächst einmal, mit ihr Kontakt aufzunehmen. Ich gebe zu, daß auch ich gerne mal eine Praline gehabt hätte. Dazu kam, daß ich mich bedrängt fühlte und, was schlimmer ist, auch bedroht. Ich bekam nachts anonyme Anrufe: «Denk an dein Kind, bevor du etwas unternimmst!»

Das geht mir zuweit. Ich kann mir denken, wer dahintersteckt; beweisen kann ich nichts. Jeder, der mich kennt, kann bestätigen, daß ich sonst keine Feinde habe.

Eigentlich bin ich überzeugt, daß Amanda davon nichts weiß. Möglich, daß einer ihrer «eingeweihten Helfer» die Regie in die Hand genommen hat. Auch daß Amanda mit eigenen Leuten «selbständig» operiert — sich losgesagt beziehungsweise höhergesetzt hat als die amerikanische Organisation und nicht mehr alles überblicken kann.

Falls die Organisation Amanda abschieben sollte, weil ihr Image nicht mehr genügt — sie müßte eigentlich wissen, daß meine Türe nicht verriegelt bleibt.

Fotos ihres strahlenden Gatten — sie selber hält sich versteckt wie
einst die Garbo. Fotos der Residenz, von einem Helikopter aus aufgenommen: eine 50-Zimmer-Luxusvilla, Hunderte von Quadratme-
tern Gartenfläche ringsum, eine hohe Mauer. Die Reporter warten
Tag und Nacht und bekommen die frisch verheiratete Milliardärin
doch nicht zu Gesicht. Der «junge» Ehemann — über siebzig Jahre
alt — läßt den Reportern von Dienern Kaffee und Gebäck servie-
ren.

Hätte sie, Amanda, sich zusammen mit ihrem Mann, den sie bestimmt liebt, ablichten lassen und kurz erwähnt:

«Ja, ich hatte mal einen reichen Liebhaber. Na und? Muß ich
eine Ausnahme sein? Ja, ich habe es mal als Fotomodell versucht.
Na und? Schon vor langer Zeit habe ich den geistigen Weg eingeschlagen — habe ich nicht das Recht, mich zu ändern?»

Hätte sie ihre Fotos von mir zurückgefordert (was sie offensichtlich nicht wollte, auch die Macht hinter ihr nicht) . . .

Dann wäre es nicht zu diesem Riesentumult gekommen!

Es würde mich nun interessieren, wie viele Kinder Amanda bereits
adoptiert hat — Platz und Geld hat sie ja im Überfluß. Wahrscheinlich noch keines. Aber ich nehme stark an, daß uns die Presse
rechtzeitig über einen diesbezüglichen Akt reiner Nächstenliebe in-
formieren wird.

Journalisten, eine Schriftstellerin, ein Psychoanalytiker und ein Unternehmensberater diskutieren in einer Fernsehsendung; sie stellen fest, daß dies alles Privatsache sei, der Unterschied zu ihrer ersten Ehe bestehe höchstens darin, daß sie im Falle des Ablebens ihres Gatten nicht sieben, sondern siebenhundert Millionen Franken erben werde.

Der Unternehmensberater meint, es sei arg, wenn ein solches Unternehmen in den Besitz eines ausländischen Konzerns übergehe. Doch nicht nur Privatsache? Die Angestellten sind verunsichert. Die Unruhe erfaßt sogar größere Teile der Bevölkerung.

Zur Hauptperson gibt's nichts Neues zu erfahren, sie erscheint ja nicht im Studio zur Diskussion.

Interessant und traurig zugleich: Stürmt heutzutage jemand voller Berechnung durchs Leben und tankt sich durch zum Erfolg, so gilt er als clever und sogar intelligent. Gutmeinende und großzügige Menschen belächelt man als dumm. Findet der Berechnende zudem ein passendes religiöses Mäntelchen, womit er sein Gewissen beruhigt und das ihm zu noch mehr Geld verhilft, so bewundert ihn das «Volk» und rennt ihm nach.

Zum Glück hat eine Journalistin auf die Sekte im Hintergrund hingewiesen. Keine Privatsache! Doch der Erfolg gibt Amanda in ihren religiösen Ideen erst noch recht — YOU ARE beziehungsweise die Bewegung, die dahintersteckt, verspricht die Erfüllung sämtlicher Wünsche sowie Gesundheit und Reichtum. Amandas geistige Führung in Amerika wußte, daß sie in ihr — auch wenn sie sich mittlerweile losgelöst hat — eine gute Führerin für die Schweiz wählte . . .

Die Mitglieder von «Sekten» teilen ein Gefühl des Zweifels und der Entfremdung gegenüber ihrer Umwelt, das weit über das normale Maß menschlicher Daseinsangst hinausgeht. So werden sie empfänglich für das Versprechen innerer und äußerer Geborgenheit.

Der kalifornische Analytiker Janov:

«Ihr messianischer Größenwahn entspringt der Selbstverachtung und Schuldgefühlen — auch dann, wenn sie subjektiv ehrlich von ihrer Mission erfüllt sind und sich nicht von vorneherein als Betrüger gerieren. Selber schwach, müssen sie noch Schwächere an sich binden, um sich stark und mächtig zu fühlen. Sie brauchen die Bewunderung und die Unterwerfung wie ein Süchtiger die Droge. Deshalb werden strenge Regeln aufgestellt, die zu kontrollieren sind, an welche sich die Führer selbst nicht immer halten.»

Amanda schon — das macht ja ihre Kraft aus. Sie glaubt und tut alles aus vollster Überzeugung und ist hart zu sich.

Man glaubt ihnen unbesehen, diesen Seelenheilpredigern, obwohl ihre Reden von Nächstenliebe und Göttlichkeit nichts als hohle Worte sind. Wissenschaft und Technik beherrschen mittlerweile die Erziehung — bei diesem Nährboden müssen die Kinder zwangsläufig in die offenen Arme obskurer Organisationen flüchten. Zieh deine Kinder einfach mal auf, gib ihnen keinen Glauben mit, sage niemals etwas von höherem Zweck der menschlichen Existenz, bei ihrer ersten großen Lebenskrise bekommst du greifbare Resultate zu sehen.

Selbstverantwortung! Ein bald altmodisches Wort. Wie freier Wille und Respekt auch. Einfacher geht's mit Zwängen und Geboten.

Aber wir dürfen Ideale, menschlich kultivierte Liebe und Zärtlichkeit nicht verkümmern lassen.

Ich werde weiterhin die Pressemeldungen verfolgen — vielleicht erfahre ich einmal etwas über wirtschaftliche Aspekte und Konsequenzen, vielleicht gibt's auch mal einen Vortrag zu lesen . . .

Ich spiele und kämpfe weiter um Bewilligungen, suche eine Wohnung, sorge für die Kinder, renoviere Wohnungen, besuche Kurse, schreibe, rauche und esse Knoblauchbrote . . .

Und das Wichtigste: Ich liebe! Immer wieder!

1992 *Oktober: Amanda! Amanda?*

Amanda wird wohl kein Verständnis aufbringen für mein Handeln, für meinen Verrat, den ich an ihr begehe, indem ich meine Geschichte verkaufe. Man kann noch ganz anderes verkaufen . . .

Sie steht über den irdischen Problemen. Mit «gewöhnlichen» und «normalen» Menschen, die sich nicht an ihre geistigen, so hoch entwickelten Regeln halten können, gibt sie sich nicht ab.

Einst ist sie eine zartfühlende Frau gewesen, nun ist ihre Seele zugeschüttet. Ein Opfer — dem das Leben mehr genommen als gegeben hat. Sie hätte sich nicht schuldig fühlen müssen, sie war großartig damals.

Wie hell strahlen heute Deine echten Diamanten, Amanda?

Im gleichen Verlag

Corinne Pulver

Lilo meine Schwester

Biographie

Dies ist die Geschichte von Lilo Pulver, dem vor 60 Jahren in Bern geborenen Weltstar «mit dem grossen Lachen».
Corinne Pulver gelingt es, uns von der populären Schauspielerin *und* vom Menschen Liselotte ein liebevoll-kritisches Bild zu zeichnen, das nicht nur Glanz und Höhen kennt, und uns auch hinter die Kulissen blicken lässt *(reich bebildert)*.

Corinne Pulver

Melisandes Tod

Bericht und Betroffenheit

Der Selbstmord ihrer Nichte lässt Corinne Pulver keine Ruhe. Schreibend versucht sie, ihr persönliches und das Schicksal ihrer Familie zu bewältigen: «In unserer Zeit, wo die Zahl der Selbstmorde gerade von jungen Menschen weltweit in erschreckendem Masse zunimmt, wo Gewalt, Drogen und Sex die einstigen Ideale eines grossen Teils der Jugend weitgehend ersetzt haben, kann niemand mehr die Augen davor verschliessen und behaupten: ‹Das geht mich nichts an!›»

Norbert Hauser

This

Roman

Wer verübte den Brandanschlag auf das Wohnheim für Asylbewerber? Welches waren die Motive? This, ein junger Mann, kommt um. Wer war beteiligt an seinem Tod? Der Schuldige ist schnell gefunden.
Doch er entzieht sich der irdischen Gerechtigkeit.
War er der einzige Schuldige?
Eine dramatische Erzählung von Männern, die glauben, konsequent sein zu müssen, und alle sind sie Verlierer...

In Ihrer Buchhandlung
Mehr Infos? Postkarte genügt:

Edition Hans Erpf • Bern/München
Postfach 6018 • CH-3001 Bern